マジカル・チャイルド③

空を飛んだ男の子のはなし

サリー・ガードナー 作　三辺律子 訳

小峰書店

ブックデザイン　扇谷正郎

空を飛んだ男の子のはなし

The Boy Who Could Fly

sally gardner

1

あるどんよりとした水曜日の午後、トップ夫人が玄関《げんかん》のドアをあけると、太った妖精《ようせい》のおばさんが立っていました。

「ここ、バランス通り六番地ですよね？　あなた、トーマス・トップのお母さん？」妖精《ようせい》はたずねました。

　トップ夫人はめんくらいました。

「ええ、そうですけど、なにかのまちがいだと思います。お誕生日《たんじょうび》パーティは、取りやめになったんです」

　太った妖精《ようせい》はメガネをかけなおすと、フン！　と鼻をならしました。

「いいですか。ここにちゃんと書いてあるんです。五月四日、つまり今日、〈トーマス・トップ九歳《さい》の誕生日《たんじょうび》・予約〉って。あたしは、一度だってまちがえたことはないんです！」妖精《ようせい》はぴしゃりといいました。

「どういうことかしら。予約なんてしていないのに。いえね、いつもは、マジシャンのスプーンさんにきてもらってるんです。でも、トーマスは妖精《ようせい》なんてお願いしたことはありません」トップ夫人

はいいました。

「そりゃそうでしょうとも。あたしたちは〈プレゼント〉なんです。誕《たん》生日《じょうび》の本人が注文するんじゃ、プレゼントにはならないでしょうが」

トップ夫人は、どうしたらいいのか、わからなくなってきました。

「今日は、パーティはないんです。トーマスがかぜをひいてしまって。だから、パーティは延期《えんき》して、父親の誕生日《たんじょうび》といっしょに祝うことになったんです」

「だとしても、あたしには関係ないことです。あたしはただ、トーマスにおめでとうをいいにきたんですから。ここには、誕生会《たんじょうかい》とか、パーティのことは、いっさい書いてませんし」妖精《ようせい》はいいました。

「ああ、そういうことですか」トップ夫人は、胸《むね》をなでおろしました。

「歌の出前とか、ああいうサービスなんですね。おくり主は、どなたかしら？」

「あたしだったら、そんなことは気にしませんね」妖精《ようせい》はいいました。

トーマスはベッドによりかかって、すわっていました。のどはヒリヒリするし、骨《ほね》はギシギシ痛むし、からだがだるくてたまりません。ウィルス性《せい》ですね、と、お医者さんにはいわれました。よくなるまで、寝《ね》ていなければなりません。トーマスは、さいあくの気分でした。今日は誕生日《たんじょうび》だというのに。

これまでのところ、お父さんから釣《つ》りの入門書を、お母さんからペンを、モードおばさんから茶色のセーターを、そして、アルフィおじさんからは、古いクリスマスカードに大量のセロテープではりつけられた一ポンド紙幣《しへい》を、もらっていました。さえない誕生日《たんじょうび》だなあ、と思っていたそのとき、お母さんがまるまると太った妖精《ようせい》といっしょに入ってきたのです。

妖精《ようせい》は、髪《かみ》はピンク色で、実際《じっさい》より二サイズくらい小さく見えるチュチュを着ていました。羽はおれまがっているし、ティアラはうっかり上にすわったせいで、つぶれてしまったみたいに見えます。ぐあいが悪くなかったら、トーマスはふきだしていたでしょう。

「〈プレゼント〉なんですって」トーマスのお母さんは不安そうにいいました。

妖精《ようせい》は部屋を見まわして、フン！　と鼻をならすと、ベッドのはしに腰《こし》かけました。

「あまりそばにいかないほうがいいですよ。かぜがうつるかもしれませんから」お母さんはいいました。

けれども、妖精《ようせい》は無視《むし》して、重々しい口調でいいました。「お茶を一ぱい、いただけますかしら」

トーマスのお母さんは、「すぐにもどります」といって、一階へおりていきました。

「ぱっとしないわねえ」妖精《ようせい》はプレゼントを見まわしながらいいました。

「なにしにきたの？」トーマスはききました。

「誕生日《たんじょうび》の願いをかなえにきたのよ」妖精《ようせい》はこたえました。

「うそでしょ？」

「ほんとうですよ。さあ、願いをいってちょうだい。そしたら、かなえるから」

「どういうこと？　ただのゲームだよね？」

いったいこの妖精《ようせい》のおばさんは、なにものなんでしょう？

「ゲームじゃありませんよ。さあ、はやく。お母さんがカップケーキとお茶をもってくるまえに、さっさとすませちまいましょう」

「ぼくの願いは……」

「そんなの、だめですよ」いきなり妖精《ようせい》はさえぎりました。「世界中のお金をぜんぶ、とか、モードおばさんを羊に変えたいとかじゃ、だめなんです。この願いは、そういうんじゃないの。世界一美しい髪《かみ》の毛がほしいとか、天使のように歌えるようになりたいとか、コンピューターの天才になりたいとか、そういうんじゃないと。わかった？」

トーマスはもう一度、まじまじと妖精《ようせい》を見ました。「ちなみに、うちにはカップケーキはないよ」

妖精《ようせい》は羽をすくめました。「いいから、はやくはやく。集中して。願いがかなえられるなんて、毎日あることじゃないんですから」

「冗談《じょうだん》だよね、でしょ？」

「なんだっていいから、とっとといってちょうだい」

「ぼくの願いは……」

「だめね」妖精《ようせい》はまた口をはさみました。「お父さんが楽しくなるようになんて、だめよ。自分に関係することじゃなくちゃ、トーマス。だって、今日は、あなたの九歳《さい》のお誕生日《たんじょうび》なんですから」妖精《ようせい》はやさしい口調になっていいました。

トーマスはびっくりしました。「どうしてぼくがなにを願おうとしてるか、わかるの？」

「いそいで」妖精《ようせい》はせかしました。お母さんが階段《かいだん》をのぼってくる足音が聞こえてきたのです。

トーマスは、そのときふっと頭にうかんだことを口にしました。「飛べるようになりたい」自分でも、なぜそんなことをいったのかは、わかりませんでした。

「いい願いだわ」妖精《ようせい》がいって、立ちあがったのと同時に、お母さんがお茶のカップをふたつと、カップケーキののったお皿をもって入ってきました。

「さあて、ぶじ完了《かんりょう》」妖精《ようせい》はいって、大きなゲップをしました。「次から次へと願い事をやっつけるもんだから、胃が荒《あ》れちまってね」そして、お茶をのみほし、カップケーキを三つ、ハンドバッグの中に入れました。

「じゃ、一日じゅう、ここで遊んでいるわけにもいかないのでね」そして、別れの

あいさつもそこそこに、
妖精《ようせい》は階段《かいだん》をおりていきました。

お母さんはあとを追いかけました。

「待ってください。どこの会社の方ですか？」

けれども、玄関《げんかん》までおりたときには、妖精《ようせい》は消えていました。

2

次の週の月曜日から、トーマスはまた、学校にいくことになりました。月曜日は最悪の日でした。体育があるからです。トーマスは体育が大きらいでした。

「かぜをひいていたから見学しますって、手紙を書いてくれない？」トーマスはお母さんにたのみました。

「だめだ」お父さんがきっぱりといいました。「学校に通えるなら、体育だってできるはずだ」

「アラン、ちょっときびしすぎるんじゃない？　トーマスはずっとぐあいが悪かったのよ」お母さんはいいました。

「トーマスを、あまやかされた母さんっ子にするつもりはない」お父さんはかたくなでした。「だいたい、そのせいで、生活のリズムをくるわされっぱなしだったんだ」

　そういうわけで、今、トーマスは地獄《じごく》地帯、つまり体育館に立っていました。ピーチ先生は、生徒たちにいっさいたわごとは許《ゆる》しませんでした。

生徒たちは、体育用具をすべて出すようにいわれました。平均台《へいきんだい》、トランポリン、マット、そして、恐怖《きょうふ》のとび箱《ばこ》です。

それから、全員、とび箱《ばこ》の前にならびました。そして順々に、テンポよくとび箱《ばこ》をとびはじめました。でも、それもトーマスの番がくるまででした。いつもそうなのです。

どうせ今日も同じだ、とトーマスは暗い気もちで考えました。トーマスは目をつぶって、走り出しました。そして、いつものように、とび箱《ばこ》に足があたって、ピーチ先生に「ちゃんと一生懸命《いっしょうけんめい》やりなさい！」とどなられ、クラスのみんなに笑《わら》われるのを、かくごしました。

ところが、足はとび箱《ばこ》にぶつかりませんでした。

それに、聞こえたのは、みんなが息をのむ音だけです。

トーマスは目を開けました。そして、びっくりしました。

なんと、床《ゆか》から二メートルのところにいるではありませんか。

トーマスはそのまま、ぶかっこうにとび箱《ばこ》の反対側に着地しました。

「トーマス・トップ、いったい今のはなんです？」

ピーチ先生はあぜんとしていいました。

「なんでもありません。ただ、とんだだけです」

トーマスは答えました。

　生徒たちは静まりかえっています。
高くとべる子もいますが、二メートルなんて、ふつうでは考え

られません。わたしはまぼろしを見たのだ、そうに決まっている。そう思って、ピーチ先生はパンパンと手をたたきました。

「さあ、みなさん。もう一度ならんで、とびましょう。がんばったわね、トーマス。よくできたわ」

しかし、また同じことが起りました。しかも今度は、トーマスは二メートル半もとびあがり、そのまま、まっすぐ飛んでいったのです。そして、ドスンと音を立てて体育館の反対側に着地しました。

「いいかげんにしなさい、トーマス・トップ。わたしのクラスで、ひけらかすようなまねは許《ゆる》しません。頭が冷えるまで、外ですわってなさい」

トーマスは、ゴム底の靴《くつ》とうすっぺらい白いTシャツと茶色のショートパンツというかっこうで、すきま風の入る廊下《ろうか》にすわっていなければなりませんでした。

「こんなところでなにをしているんだね、トーマス・トップ？」校長のマーチ先生でした。

「みんなにひけらかすようなまねをしたから、外に出されたんです」トーマスはしょんぼりしていいました。

マーチ先生は笑《わら》いました。「きみらしくないな。いつもはおとなしい生徒なのに。おいで。どういうことなのか、わたしがきいてあげよう」

クラスのみんなは、トランポリンをしていました。

「ピーチ先生、ちょっといいかね？　トーマスが、みんなにひけらかすようなまねをしたから、外に出されたといっているのだが、本当かね？」

「ええ。高くとびすぎたんです」ピーチ先生はそっけなくいいました。

マーチ先生はふしぎそうな顔をしました。「高くとびすぎた？　トーマスにそんな特技《とくぎ》があるとは、思わなかったがね？」

「わたしもです」校長に口をはさまれて面白くないピーチ先生は、答えました。

「ふむ。まあ、もうトーマスもきちんとできると思うから、トランポリンをやらせてやってくれんかね？」

トーマスは、トランポリンが大きらいでした。いつも、手と足とからだがぜんぶ、ばらばらになってしまうのです。そもそも、とんだりはねたりするのが、こわくてたまりません。トーマスはおそるおそるトランポリンの上にはいあがりました。顔が真っ青です。

「ひざをまげるのを忘《わす》れないように」

ピーチ先生は、にこりともせずにいいました。

トーマスはひざをまげ、それから伸《の》ばしました。足がガクガクします。

「トーマスはまじめにやってません」

スージー・モリスがいいました。

「あれじゃあ、ジャンプじゃないよ。ひざをまげただけだ」

ジョー・コリーもいいます。

「さあ、がんばって。きみならもっとできる。がんばって高くとんでごらん」

マーチ先生がいいました。

次に起ったことは、トーマスにとって人生最大のショックでした。なぜって、気がつくと、体育館の天井《てんじょう》へ向かってぐんぐん上昇《じょうしょう》していたのです。

あわてて手足をふりまわすと、なんとか片方《かたほう》の手がはりをつかみ、トーマスは天井《てんじょう》からぶらぶらんとぶらさがりました。

トーマスは高いところが苦手でした。気分が悪くなるのです。なのに今、いまだかつて経験《けいけん》したことのない高さの場所にいて、しかもどうしてこういうことになったのか、さっぱりわからないのです。

「助けて！」トーマスはさけびました。

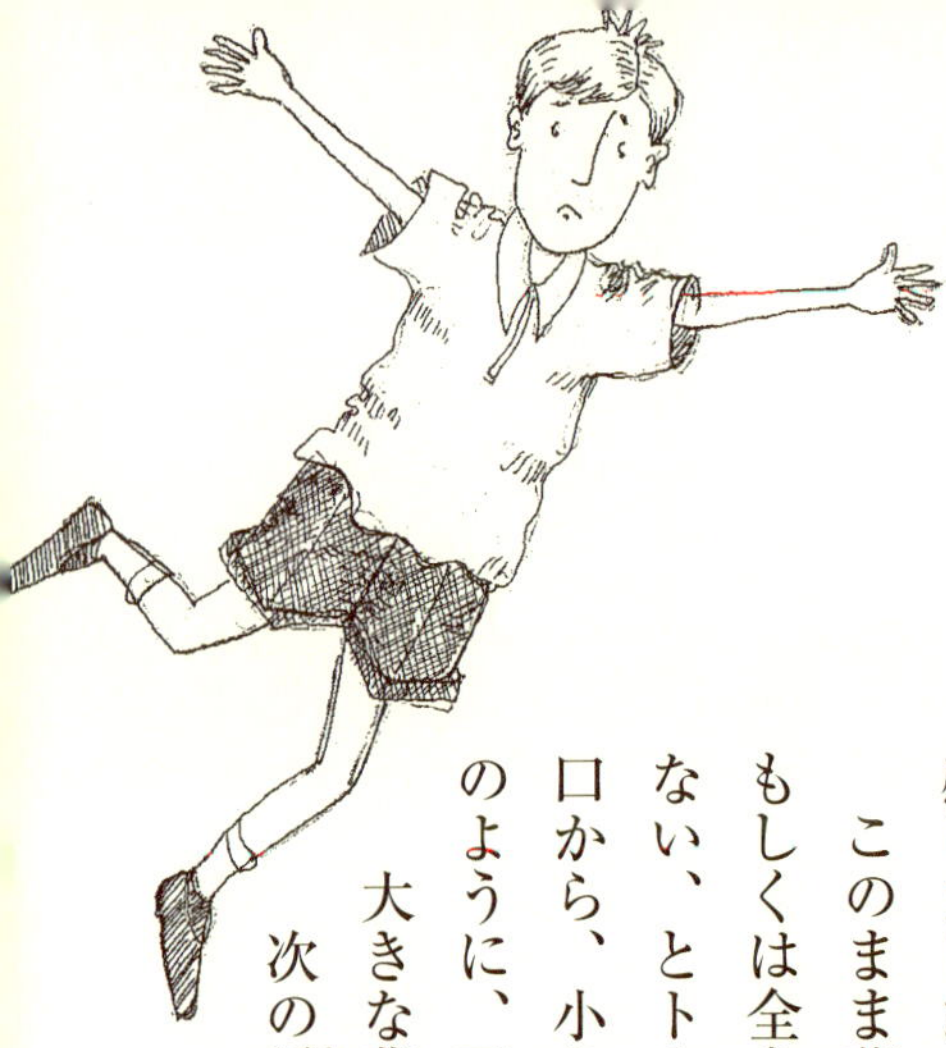

「たいへんだ」マーチ先生がさけびました。

「はしごだ！　はやく！　しっかりつかまってるんだぞ。今、おろしてあげるから」

しかし、間にあいそうもありません。トーマスは、指の力がぬけていくのを感じました。とてももちこたえられません。

　このまま落ちて、手か、足か、鎖骨《さこつ》か、もしくは全身の骨《ほね》を折ってしまうにちがいない、とトーマスは思いました。トーマスの口から、小さな悲鳴がもれ、まるでそのこだまのように、下で見ている先生と生徒たちから大きな悲鳴があがりました。そして、

次の瞬間《しゅんかん》、トーマスは、石のように落ちていきました。

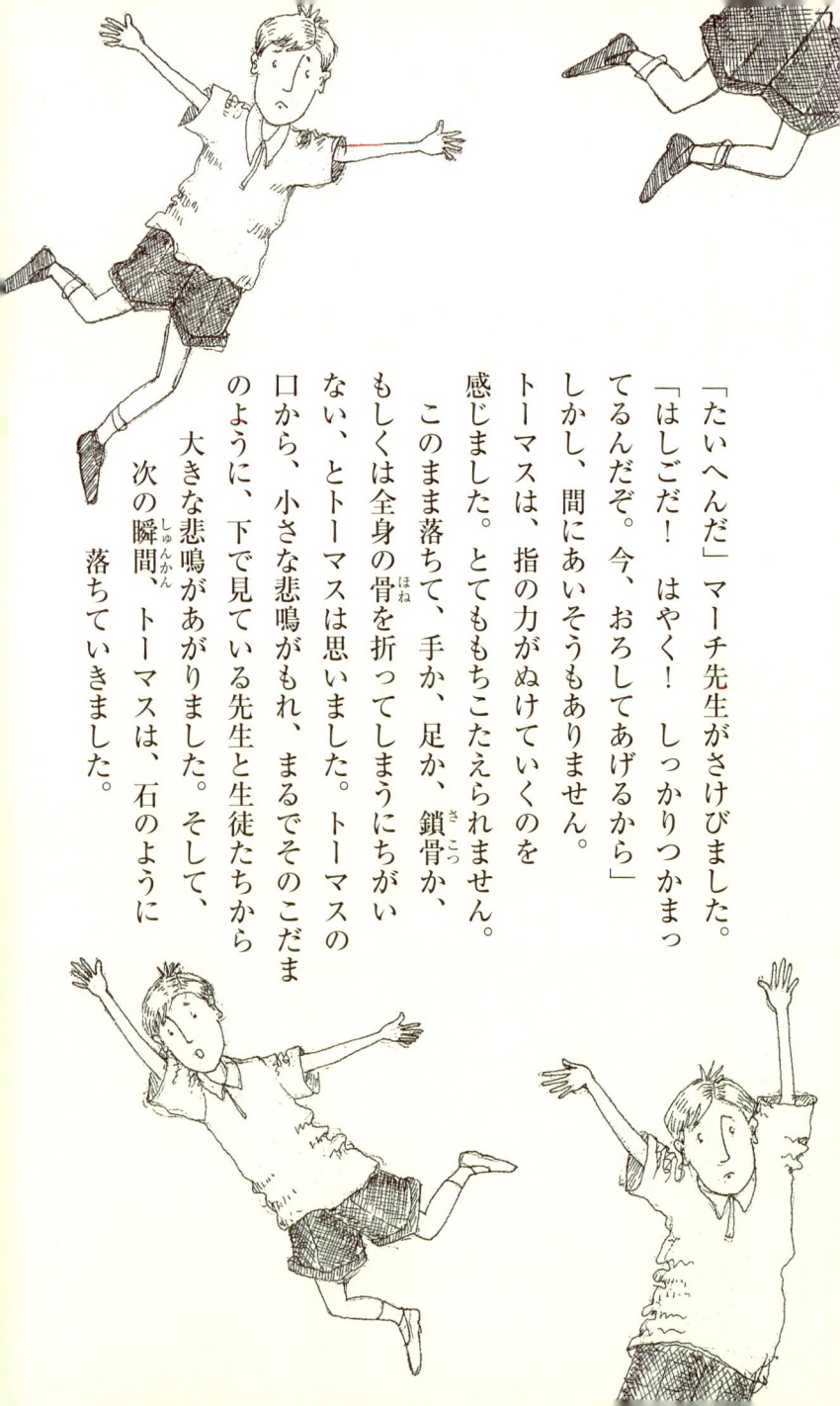

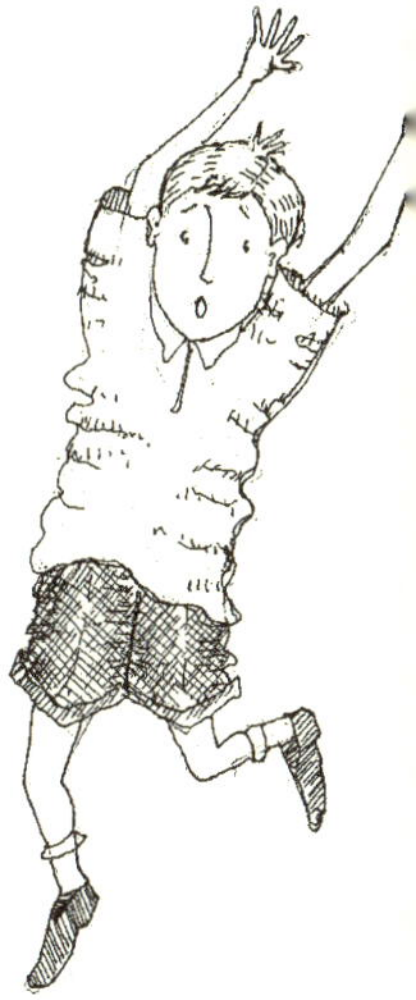

なんとか落ちるのをとめたい一心で、トーマスは両方の腕《うで》を横へつきだしました。

すると、からだがまたふわっと上へもちあがったのです。

こんなこと、ありえません。

まるでジェットコースターに乗っているみたいです。

きっとぜんぶ悪い夢《ゆめ》なのです。

すぐに、目がさめるでしょう。

安全なベッドの上にいて、

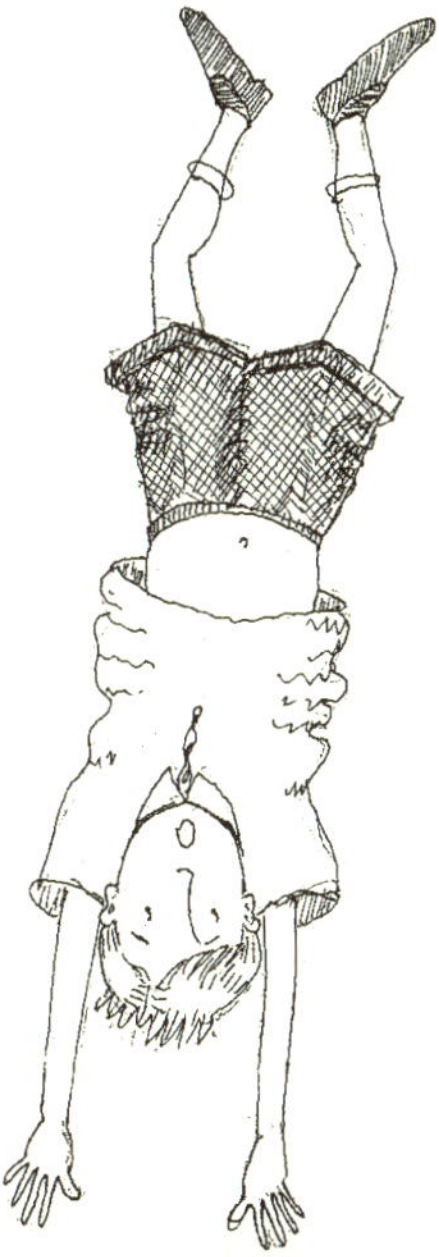

のどが痛《いた》いことさえ、平和だと思えるにちがいありません。

ところが実際《じっさい》は、天井《てんじょう》のはりの上にすわって、みんなを見おろしていました。クラスのみんなも先生も、あんぐりと口をあけてこちらを見あげています。

トーマスは、はりにしがみつきました。マーチ先生はあわてて生徒たちを外へ出しました。

「ここまではけっこうよ。だけど、いったいどうやって、おろせばいいわけ？」

ピーチ先生はつぶやきました。

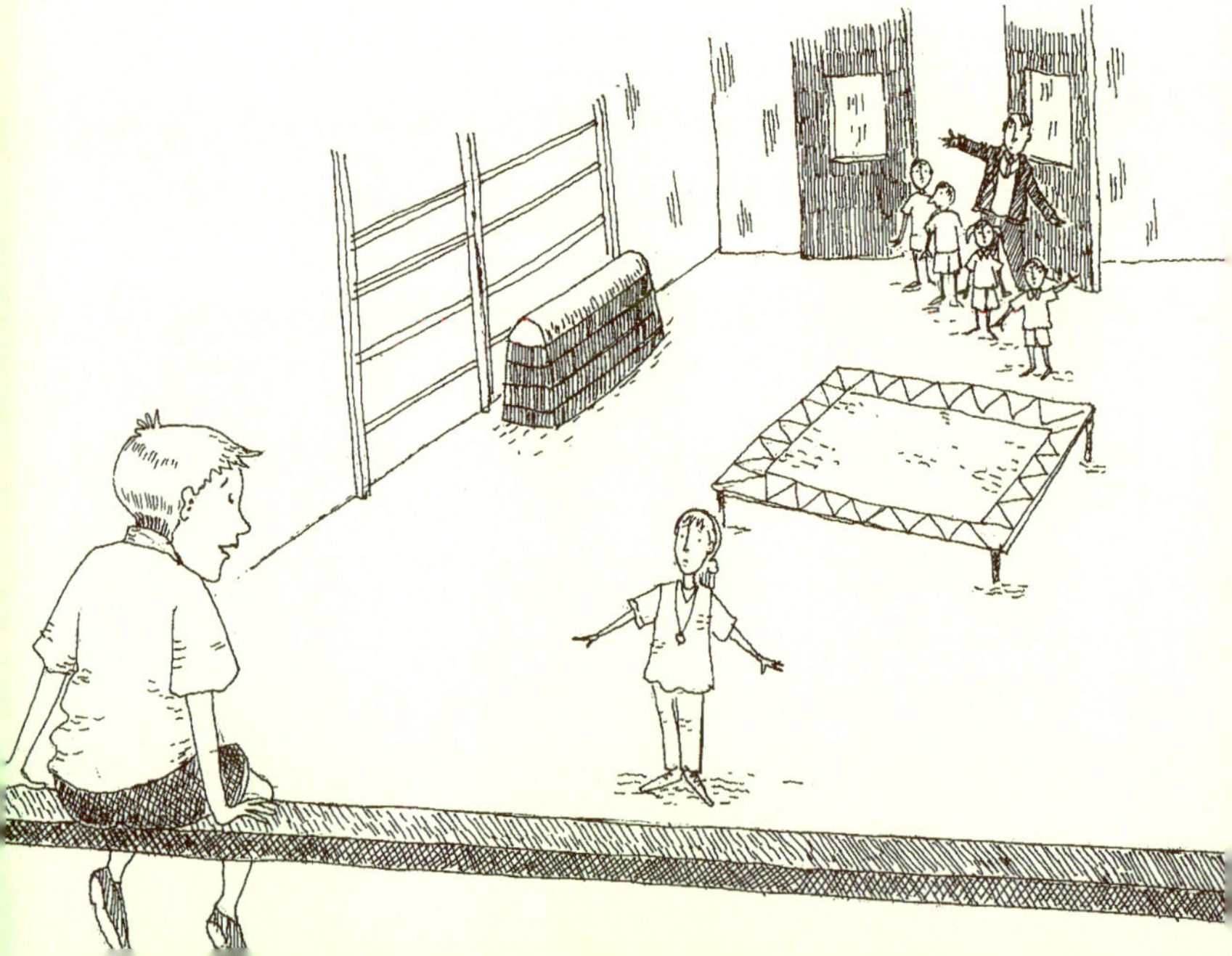

3

学校にきたトーマスのお母さんは、すっかりとりみだしていました。「事件《じけん》ってなんですか？　なぜわたしがよばれたんです？　トーマスのかぜで、もうすでに一週間も仕事を休んでいるのに」

　マーチ先生はきまり悪そうな顔をしています。

　トーマスは、すっかり落ちこんでいました。はりからおりるのには、一時間以上かかりました。最後には、ピーチ先生が天井《てんじょう》までのぼっていって、ふだん使い慣《な》れないやさしい言葉をかけながら、ぶるぶるふるえているトーマスをおろしてやらなければなりませんでした。

「実はですね」マーチ先生はせきばらいをしました。「トーマスくんがジャンプをしたんです」

「でも、ジャンプをしなくちゃいけないんですよね？　体育の授業《じゅぎょう》でしょう？」トーマスのお母さんはいいました。

「ええまあ。しかし、ジャンプの種類がちがうんです」

「すみません、意味がわからないんですが」トーマスのお母さんは、ますますとほうにくれた顔になりました。

マーチ先生はコホンとせきをしました。

「どうぞおすわりください」

トーマスのお母さんがイスに浅くこしかけると、マーチ先生は何度もだまったり、「ええと」とか「うーん」などと口ごもったりしながら、体育館での出来事を説明しました。

とはいえ、自分で話しながらも、にわかには信じられない話だということを認《みと》めないわけにはいきませんでした。

トーマスのお母さんは校長先生の話を最後まで聞くと、立ちあがりました。「トーマスがジャンプをしたというだけで、わたしをわざわざ学校までおよびになったというわけですね。申《もう》し訳《わけ》ありませんが、

校長先生のおっしゃることが理解《りかい》できませんわ。わかるのは、トーマスは運動が苦手なので、二度と体育をさせてはいけないということだけです」

マーチ先生は、トーマスに向かっていいました。「トーマス、ジャンプしてみてもらえるかね？」

トーマスは、お母さんのほうを見ました。「しなきゃだめ？」

「ええ。それで、この話は終わりにしましょう。そうすれば、わたしも仕事にもどれるから」お母さんは、うんざりしたようにいいました。

トーマスはひざをまげて、両足をしっかり床《ゆか》につけたまま、ジャンプするふりをしました。

「さあ、これでいいでしょうか。問題はありませんわ。この子はむかしから、運動は苦手なんです」

「トーマス、きちんとジャンプしてごらん。ふりをするんじゃなくて」マーチ先生は強い調子でいいました。

トーマスはお母さんの顔とマーチ先生の顔を見比《みくら》べて、これ以上どうしようもないと、さとりました。そこで、目をぎゅっとつぶって、ジャンプしました。

頭が思い切りぶつかったせいで、天井《てんじょう》のしっくいがぱらぱらとじゅうたんに落ちました。トーマスがドサッと床《ゆか》に落ちたのと同時に、お母さんは気絶《きぜつ》しました。

次にお母さんが目をさますと、保健室《ほけんしつ》の先生が手をにぎってくれていました。マーチ先生は、あまい紅茶《こうちゃ》をいれています。お母さんは先生たちに世話を焼かれているることにうろたえて、立ちあがろうとしましたが、頭がくらくらしました。

「ショックがおさまるまで、すわっていたほうがいいですよ」保健室《ほけんしつ》の先生がやさしくいいました。

「ショックなんて受《う》けてませんわ」トーマスのお母さんは立ちあがると、よれた上着を直しました。「うちはごくふつうの家庭で、代々、高いジャンプをする人間なんていないんです」

「そうでしょうとも」マーチ先生はうなずきました。「とはいえ、あと二、三日、トーマスくんをお休みさせたほうがいいでしょう。体調がすっかり元にもどるまでね」

4

トーマスのお母さんは、仕事にもどるどころではありませんでした。息子の手を引いて、学校を出ると、とぼとぼと家へ向かいました。顔は心配で真っ青でした。

「お父さんにはいわなくていいよね？」トーマスはおそるおそるききました。

「いわないわけにはいかないわ。どっちにしろ、いずれ耳に入るでしょうし」

それがいちばんの問題だと、トーマスはわかっていました。お父さんは、自分たちがごくふつうの家族だということを誇《ほこ》りに思っていました。トーマスたちが住んでいる3LDKの家は、その通りにあるほかの3LDKの家とそっくりですし、お父さんはボタンを売るセールスマン、お母さんは事務《じむ》の仕事をしています。ようするに、ごくふつうの人たちなのです。これまで、トップ家には、なにひとつ変わったことは起きませんでしたし、お父さんはそれをとてもいいことだと考えていました。ですから、息子が天井《てんじょう》までジャンプするなどという、ふつうでないことをしたと知ったら、きげんを悪くするにちがいありません。

その夜、お母さんはお父さんに学校での出来事を説明しました。そして、説明のあと、トーマスが実際《じっさい》にやって見せました。

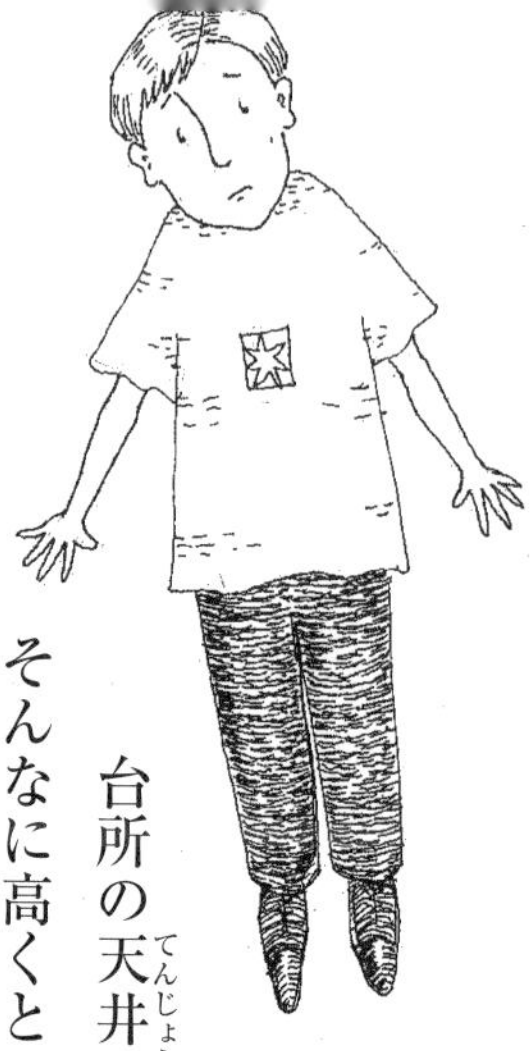

お父さんはにっこり笑《わら》っていいました。「おいおい、リタ、男の子っていうものは、体育館の上までとんだり、台所の天井《てんじょう》に頭をぶつけたりしないものだよ。人間っていうのは、そんなに高くとべないんだ。いわゆる想像力《そうぞうりょく》の暴走《ぼうそう》というやつだな」はっはっはとお父さんは笑《わら》いました。そして、トーマスの心配そうな顔を見ると、いいました。「トーマス、どうやら今年は、エープリールフールがちょっと遅《おく》れてやってきたみたいだな」

トーマスはほっとしました。お父さんがそんなふうにいうとは思ってもいませんでした。大変なことになるのではと、心配していたのです。

「でも、アラン、たった今、トーマスがジャンプしたのを見たでしょ。トーマス、もう一度やってごらんなさい」

いわれたとおり、トーマスはもう一度ジャンプしました。

「ほら、見たでしょ。どう考えてもふつうじゃないわ」お母さんはいいました。

「リタ、これで最後だぞ。男の子というものは、あんなに高くとんだりしない。いったいどうしたんだ、リタ。トーマスにくだらない考えをふきこむつもりか」お父さんはだんだんと怒《おこ》りはじめました。

トーマスは信じられませんでした。トーマスが天井《てんじょう》までジャンプしたのを、お父さんは見たはずです。お母さんのいうとおりです。こんなこと、ふつうではないのです。

「いいか、トーマスをもっと早寝《はやね》させればすむことだ。そうすれば、すっかりよくなるだろう」お父さんはきびしい口調でいいわたしました。

おそろしい沈黙《ちんもく》が流れました。やがて、お母さんが弱々しくほほ笑《え》みました。なにをいっても、しかたがないと、わかったのでしょう。「そうね、きっとあなたのいうとおりよ。こんなこと、おかしいもの」

「もちろん、わたしは正しいさ。

わたしはいつも正しいんだ。さあ、もうこの話はやめだ。トーマスにおかしいところなどない。ごくふつうの男の子なんだから。これ以上、学校を休む理由はない。明日、わたしが校長先生と話してくる。今回のばかばかしいさわぎは、それで終わりだ」

5

その夜、トーマスはベッドの上にすわって、考えていました。妖精《ようせい》というのは、ふつう太っていないものです。だってそうでしょう？　これまで本で見た妖精《ようせい》はみんな、やせていて、きれいな髪《かみ》をのばして、きらきらかがやく羽をもっていました。太っていたり、ゲップをしたりする妖精《ようせい》なんて、ひとりもいなかったのです。あの女の人が本物の妖精《ようせい》だなんて信じられません。それに、もしそうだとしても、本当に願いをかなえる力をもっているのでしょうか？

でも、妖精《ようせい》でないとしたら、なぜトーマスの本当の願いがわかったのでしょう？　それに、お母さんがカップケーキをもってくることも、知っていました。トーマスはベッドに横になって、窓《まど》の外の夜空にかがやく星をながめながら、今日一日の出来事を思い返しました。

するとつぜん、頭の中で電球がぱっとついたような気がしました。ぼくは「飛べるようになりたい」って願ったんじゃないか！

トーマスはベッドを出ると、おっかなびっくりベッドカバーの上に立ちました。どうすればいいのでしょう？　すると、体育館での出来事がうかんできました。手と足をふりまわしたら、からだがもちあがったような気がします。それだ、とトーマスは思いました。そのおかげで、落ちずにすんだのです。そこで、ためしに泳ぐまねをしてみることにしました。空中で平泳ぎのまねをするなんてバカみたいな気がします。でも、ちっともバカみたいではありませんでした。なぜなら、次の瞬間《しゅんかん》、トーマスはベッドの上にうかんで、部屋の中をふわふわ飛びまわっていたのです。

つまさきから頭の上まで、ぞくぞくっと興奮《こうふん》が駆《か》け抜《ぬ》けました。とけたチョコレートみたいな、最高の気分です。トーマス・トップは――そう、九歳《さい》のトーマス・トップは、空を飛べるのです！

6

次の日、トーマスのお父さんはトーマスをつれて学校へいきました。お父さんがマーチ先生と話しているあいだ、トーマスは廊下《ろうか》で待っていました。やがてお父さんが姿《すがた》をあらわし、マーチ先生も出てきました。

「ちょっとしたいきちがいがあったようですが、解決《かいけつ》してよかったです」お父さんはいいました。

マーチ先生もほっとしたようすでした。「これで、ゆっくり眠れそうです。お父さんのおっしゃるとおりだと思いますよ」そして、トーマスを見ました。いったい自分たちは、なにを考えていたのでしょう！　もちろん、この子がそんなに高くとべるはずがありません。そんなことは不可能《ふかのう》なのです！　だいいち、こんなことまでめんどうはみていられません。ただでさえ、学校の運営《うんえい》でいそがしいのです。サーカスをやっているわけではないのですから！

「今回の出来事はすべて、ゆたかすぎる想像力《そうぞうりょく》のせいということで、処理《しょり》しましょう。『だまっていれば、それだけ早く解決《かいけつ》する』ともいいますしね」マーチ先生はいいました。

「そのとおりです」と、お父さん。

先生たちにとっては、これで解決《かいけつ》ということになりました。ピーチ先生も、ゆたかな想像力《そうぞうりょく》を楽しむような人ではありませんでしたから、よろこんでマーチ先生の考えに賛成《さんせい》しました。教師《きょうし》という仕事のストレスや緊張《きんちょう》のせいで、トーマス・トップのようなさえない生徒が、あんなジャンプをしたような気がしてしまったのでしょう。トーマスは、なにひとつふつうでないことはしていないのです。今までもしていませんし、これからだってしないでしょう。トーマスはごく平均的《へいきんてき》な生徒で、ふつうでないところなんてこれっぽっちもないのです。

ところが、クラスメートたちはそんなふうには考えませんでした。トーマスのジャンプの話は、あっという間に学校中に広がったのです。

その日の休み時間に、学校でいちばんからだの大きい、いじめっ子のネイルが、トーマスと友だちが遊んでいるところへやってきました。

「おまえ、靴《くつ》になになにを入れてんだ？」

ネイルはききました。

「なにも入れてないよ」トーマスは答えました。

靴《くつ》は、トーマスがなにによりも話題にしたくないものでした。クラスのみんなみたいなスニーカーがほしかったのに、お父さんが実用的な茶色のヒモ靴《ぐつ》にしなさいといって、ゆずらなかったのです。

「なにも入れてないってば」トーマスはもう一度、いいました。

ネイルは納得《なっとく》していないようすでした。「ほう、おれの聞いた話とはちがうぞ。聞いたところじゃ、おまえはジャンプして、体育館の屋根に頭をぶつけたそうじゃないか」

「あれは気のせいだよ」トーマスはいいました。

「そうかな。さあ、チビのトーマス・トップ、やってみろよ」

トーマスは考えました。どうせ大人は信じないなら、自分はジャンプだけじゃなくて飛べるんだと、いじめっ子に見せてやってもいいのではないでしょうか。

「ほら、やれよ。どうせできないだろうけどな。できるわけないさ」

トーマスは、泳ぐときのように両手で空気をかきはじめました。

ネイルはブッとふきだしました。なにごとかとまわりに集まってきた子たちも、笑《わら》いはじめます。

「よしよし、もうわかったから。そんなことやったって……」ところが、ネイルは最後までいえませんでした。なぜなら、トーマスのからだがふわりとうきあがったのです。

最初はちょっとふらふらしました。天井《てんじょう》や壁《かべ》のように、さえぎるものがなにもないのは、おぼつかない気がします。それに、はるかに怖《こわ》く感じます。だから、ふたたび下におりて、ぶじ地面に着いたときは、ほっとしました。

「先生、先生」ピーチ先生のとなりに立っていた、小さな女の子がいいました。「見てください、トーマス・トップが飛んでます！」

「想像力《そうぞうりょく》がゆたかなのはいいわね、ありもしないものが見えるんだから」

ピーチ先生はそういっただけでした。

トーマスが地面におりると、ネイルはかんぜんに言葉をうしなっていました。

「口を閉《と》じてあげようか？　ハエが入るよ」

トーマスはいって、にやっとしました。みんながびっくりしているのを見るのは、いい気分でした。まるでトーマスが月からおりてきたとでも、いうようです。

校庭は、もはや爆発《ばくはつ》すんぜんの状態《じょうたい》でした。ピーチ先生は子どもたちを教室にもどすのに、かなりの時間をついやさなければなりませんでした。

「さあ、みんな、落ち着いて。これ以上、ジャンプとか飛ぶとかいった話はごめんです。算数の教科書の三ページを開いてください」

学校が終わると、クラスの全員が、トーマスの誕生日《たんじょうび》パーティによんでほしいといいました。これは、かなりすごいことでした。それまでは、だれもトーマスのパーティなんかに興味《きょうみ》をもたなかったのです。マジシャンのスプーンさんが、毎年同じ手品しかしないせいでした。でも、ほかの人をよぼうといっても、お父さんがきいてくれないのです。「おまえが五歳《さい》のときから、スプーンさんにきてもらってるんだ。スプーンさんがこなきゃ、おまえの誕生日《たんじょうび》らしくないだろう?」

しかも、同じ日に、スージー・モリスの誕生日《たんじょうび》パーティがあるとなれば、なおさらでした。去年、スージーはパーティにアント・ハットをよんで、魔法《まほう》のバッグのショーをしてもらうことにしました。おかげで、スージーはいちやくクラス一の人気者になったのです。みんながスージーのパーティにきたがったので、とうとうスージーは、いちばん大きくて立派《りっぱ》なプレゼントをもってくるといった子たちにだけ、招待状《しょうたいじょう》をわたしました。そんなわけで、トーマスの誕生日《たんじょうび》パーティにきた子は、ほとんどいなかったのです。

けれども、どうやら今年は状況《じょうきょう》が変わりそうでした。

7

その週の終わりに近づくにつれ、トーマスはどんどんうまく飛べるようになり、それにつれて、もっと勇敢《ゆうかん》に、大胆《だいたん》になっていきました。一度など、校庭で堂々と飛んで、木にひっかかったサッカーボールをとってきたくらいです。友だちは大よろこびでしたし、先生にも気づかれずにすみました。これまでのところ、大人たちはだれも、トーマスが飛んでいるのに気がついていないようでした。

いちばんの冒険《ぼうけん》は、お母さんにたのまれて、角のお店までパンを買いにいったときのことでしょう。最初は歩いていたのですが、そのうち、まわりにだれもいなければ、飛んでもへいきかもしれないと思いはじめました。そちらのほうが速いし、飛んでいるときは、姿《すがた》が見えなくなるのかどうか、確《たし》かめることもできます。まわりには、犬をつれた女の人がひとり、いるだけです。トーマスが飛んでいるのを見たら、悲鳴をあげるかもしれないと思いましたが、実際《じっさい》は、犬がワンワンはげしく吠《ほ》えただけで、女の人は気づいたようすはありませんでした。よし、だれにも見えないなら、もうちょっと高く飛んでみよう、とトーマスは思いました。

そこで、トーマスは建物の上まで飛んでいって、屋根にすわりました。世界がまったくちがって見えます。太陽の光が屋根の上でおどっています。もう、高いところも怖《こわ》くありません。

そのときでした。トーマスは、はっとしました。ほかにも、だれかがいます。少しはなれたところに、ペンキのついたつなぎ姿《すがた》の男の人がすわって、まっすぐこちらを見ているのです。トーマスはパニックにおそわれました。どうか、ほかの大人と同じように、この男の人にも、ぼくの姿《すがた》が見えていませんように。

「太った妖精《ようせい》だろ」男の人はいいました。

トーマスは、耳を疑《うたが》いながらもうなずきました。「どうして知ってるんですか?」

「あの妖精《ようせい》のことなら、なんでも知ってるさ。このあいだ、きみが庭を飛んでいるのも見たしね」男の人はにっこり笑《わら》いました。

「自己紹介《じこしょうかい》していいかな。ヴィニーっていうんだ。よろしくな」

「ヴィニーさんも飛べるんですね」トーマスは信じられない気もちでいいました。

「じゃなきゃ、こんなところまでこられないだろ?」ヴィニーさんはトーマスの驚《おどろ》いた顔を見て、笑《わら》いました。「飛べるのは自分ひとりだなんて思ってたのかい?」

トーマスは肩《かた》をすくめました。

「考えたこともありませんでした」

「名前はなんていうんだね？」

ヴィニーさんはやさしくたずねました。

「トーマス・トップです」

「よろしくな」ヴィニーさんはいいました。

「まだおれが、きみみたいな鼻たれこぞうだったころ、太った妖精《ようせい》が誕生日《たんじょうび》の願いをかなえてくれたんだよ。それで、きみと同じく、空を飛べるようになりたいと願ったわけだ。そのときは、よくわかっていなかったが、最高の願い事だったよ」

「じゃあ、この力はなくならないんですね」

トーマスはいいました
ヴィニーさんは笑《わら》いました。「ああ、なくならないよ。

おれはそれ以来、ずっと飛んでるからな」

「いつまでも続くなんて思ってませんでした。ある日とつぜん、地面にまっさかさまってことになったらどうしよう、って怖《こわ》かったんです」

「おかしいよな。おれもきみくらいのときは、まさに同じことを考えてたよ。それから、やっぱり飛べる子どもたちに出会ったんだ。最高に楽しかったよ。いってみりゃ、空で育ったようなもんだったな。今じゃ、みんな別々の道を歩んでるが、連絡《れんらく》は取り合ってるよ」

「じゃあ、ほかにもいるんですね」トーマスはそれを聞いて、なぜか、気もちがぐっと軽くなりました。

「ああ、世界中にちらばってるよ」ヴィニーさんは答えました。

「でも、空を飛んでることは気づかれていないいんですね？ ぼくみたいに、姿《すがた》が見えなくなるんですか？」トーマスはききました。

ヴィニーさんは顔をくしゃくしゃにして、笑《わら》いました。

「きみは、姿《すがた》が見えないわけじゃないよ。おれもそうさ。まあ、きみよりは見られにくいだろうが。っていうのも、おれは年寄《としよ》りで、人っていうのは自分が順調なときは、おれたちみたいなじいさんばあさんは目に入らないもんだからね。ましてや、飛んでたら、ぜったいに気づかないさ」

それから、つづけていいました。「そうさ、トーマス。単純《たんじゅん》なことなんだよ。人間は飛ばない。だから、だれもおれたちを見ない」

そういって、ヴィニーさんは空に舞《ま》いあがると、くるりと宙返《ちゅうがえ》りしてから、ちょんとハトの上におりました。大きな鳥みたいな生き物に羽をくしゃくしゃにされて、ハトはふきげんそうでした。

「わあ、すごい。どうやるんですか?」トーマスはききました。

「おれは飛びはじめて、ずいぶんたつからね。今度はトーマス、きみにどんなことができるか、見せてくれ」

そこで、トーマスは手を泳ぐように動かして飛んでみせました。

ヴィニーさんはじっと見ていました。「なんだか大変そうだな。それじゃ、疲《つか》れるだろ？」

「ええ、でも、ほかにどうすればいいか、わからないんです」

「腕《うで》や足をふりまわさなくたっていいんだよ、自分が飛べるって、固く信じればいいんだ。願い事はかなえられたんだ。力がなくなることはないんだよ」

ヴィニーさんは、腕《うで》や足を使わないで飛ぶ方法を教えてくれました。まるで風と空気を自由にあやつっているかのようにあざやかでした。

角のお店のそばにある建物の屋根で、しずむ夕日を

ながめながら、ヴィニーさんは飛ぶことについて知っている情報《じょうほう》をすべて教えてくれました。トーマスは、うきたった気もちで家まで飛んで帰りました。

お母さんは、かんかんに怒《おこ》っていました。「いったいどこでなにしてたの？　パンはどこ？」

「ごめんなさい。忘《わす》れちゃった」

そんなつもりはなかったのですが、飛んだり、ヴィニーさんと出会ったり、わくわくするようなことがいっぱいあったせいで忘《わす》れてしまったのです。でも、お母さんにいうわけにはいきません。いっても、わかってくれないでしょう。

「なんだか地に足がつかないって感じね」そのようすを見たお母さんがいいました。

「うん、まさにそうなんだよ」トーマスは答えました。

8

最初は、飛ぶことがあまりに楽しくて、大人たちがなにも気づいていないことも気になりませんでした。自分にはすばらしい力があるのです。だいいち、とても便利です。おかげでトーマスは、自由を手に入れました。そうでなければ、飛ぶ練習もできなかったでしょう。

ところが、だんだんと上達するにつれ、トーマスは悲しくなってきました。お母さんは、トーマスがこんなにすごいことができるのを知らないのです。お父さんは、庭の上空でトーマスが宙返《ちゅうがえ》りしているのを見ても、だまっているだけです。お父さんとお母さんに、上手に飛べるところを見てもらえないなんて、とても残念でした。

日が長くなってくると、トーマスとヴィニーさんは公園で待ち合わせして、じゃまな建物のないところで飛ぶ練習をしました。

ヴィニーさんは、ほとんどの人が下を見て歩いているのは悲しいことだといいました。犬のフンに気をつけるばかりで、まわりにある魔法《まほう》を見ようとしないのです。トーマスは飛べば飛ぶほど、この世界はなんてすてきなんだろうと思うようになりました。鳥たちと同じ高さから見ると、世界はまったくちがって見えるのです。

ヴィニーさんはトーマスに、自分のお父さんの話をしてくれました。お父さんはヴィニーさんが若《わか》いころ、息子には銀行員のようなきちんとした仕事についてほしいと思っていたそうです。

「だが、いったん真っ青な空まで舞《ま》いあがっちまったら、壁《かべ》に囲まれた机《つくえ》にしばりつけられるなんてむりさ」そこで、ヴィニーさんは部屋にペンキをぬったり、壁紙《かべがみ》をはったりする仕事につきました。ヴィニーさんには、まさにぴったりの仕事でした。飛べるということは、はしごが必要

ないということです。ぷかぷかあおむけにうかびながら、天井《てんじょう》のペンキをぬること
だってできるのですから。
　ヴィニーさんとだと、お父さんとはぜったいに話せないようなことまで話すこと
ができました。
「子どもはいるんですか?」ある夕方、ふたりでアレクサンドリア宮殿《きゅうでん》の屋根にす
わっているとき、トーマスはたずねました。夕日がしずむにつれ、ロンドンの街《まち》が
赤色から金色に変わっていきます。
「いいや」ヴィニーさんは悲しそうにいいました。「妻《つま》のアニーとおれは、子ども
がほしかったんだが、恵まれなかったんだ。文句《もんく》をいっているんじゃないよ。アニ
ーとおれは、最高に幸せなときを過ごしたんだから」ヴィニーさんはそういって、
にっこりほほ笑《え》みました。
　ヴィニーさんはむかし、よく奥《おく》さんをつれて空を飛んでいました。奥《おく》さんは飛ぶ
ことはできませんでしたが、ヴィニーさんは力が強かったし、奥《おく》さんは、ヴィニー
さんいわく、スズメみたいに軽かったのです。けれども、悲しいことに奥《おく》さんは去

年、この世をさってしまいました。

ヴィニーさんは、もう二度と空は飛ぶまいと思いました。

ところが、ある日、トーマスが庭で飛んでいるのを見て、世界には魔法《まほう》があふれているのに、飛ぶのをやめることなんてできない、とさとったのでした。

「大変だったんですね……」

トーマスはいいました。

「いいんだよ、トーマス。だが、ありがとう。アニーがきみに会えていたら、さぞかしよろこんだだろうなあ」

ヴィニーさんはいいました。

9

自分のお父さんとお母さんにも若《わか》いころがあったなんて、なかなか想像《そうぞう》できないものです。トーマスも、子どものお父さんが心から笑《わら》ったり、遊んだりしているところなんて、思いうかびませんでした。お父さんが興味《きょうみ》をもっているのは、トーマスが算数でいい点数を取るとか、そういうことでした。

「楽しくお金をかせぐ方法なんて、ないんだ。きちんとした職業《しょくぎょう》につくためには、算数を勉強しないと」お父さんいわく、算数こそが、将来《しょうらい》の土台になるというのです。でも、トーマスは算数が得意ではありませんでした。一方、飛ぶことなら、とても上手にできるのです。お父さんは一日を楽しくもなんともない日にやすやすと変えちゃうんだ、と、トーマスは暗い気もちで考えました。ふたりで釣《つ》りに出かけるときも、そうです。

釣《つ》りは、お父さんのたったひとつのささやかな趣味でした。釣《つ》りに関する雑誌《ざっし》や本はかたっぱしから買いますし、最新の釣《つ》りざおや、いちばん流行っている道具をもっているのが、なにより自慢《じまん》です。釣《つ》りのことで、お父さんが知らないことはありません。ただひとつ、知らないのは、魚の釣《つ》り方でした。

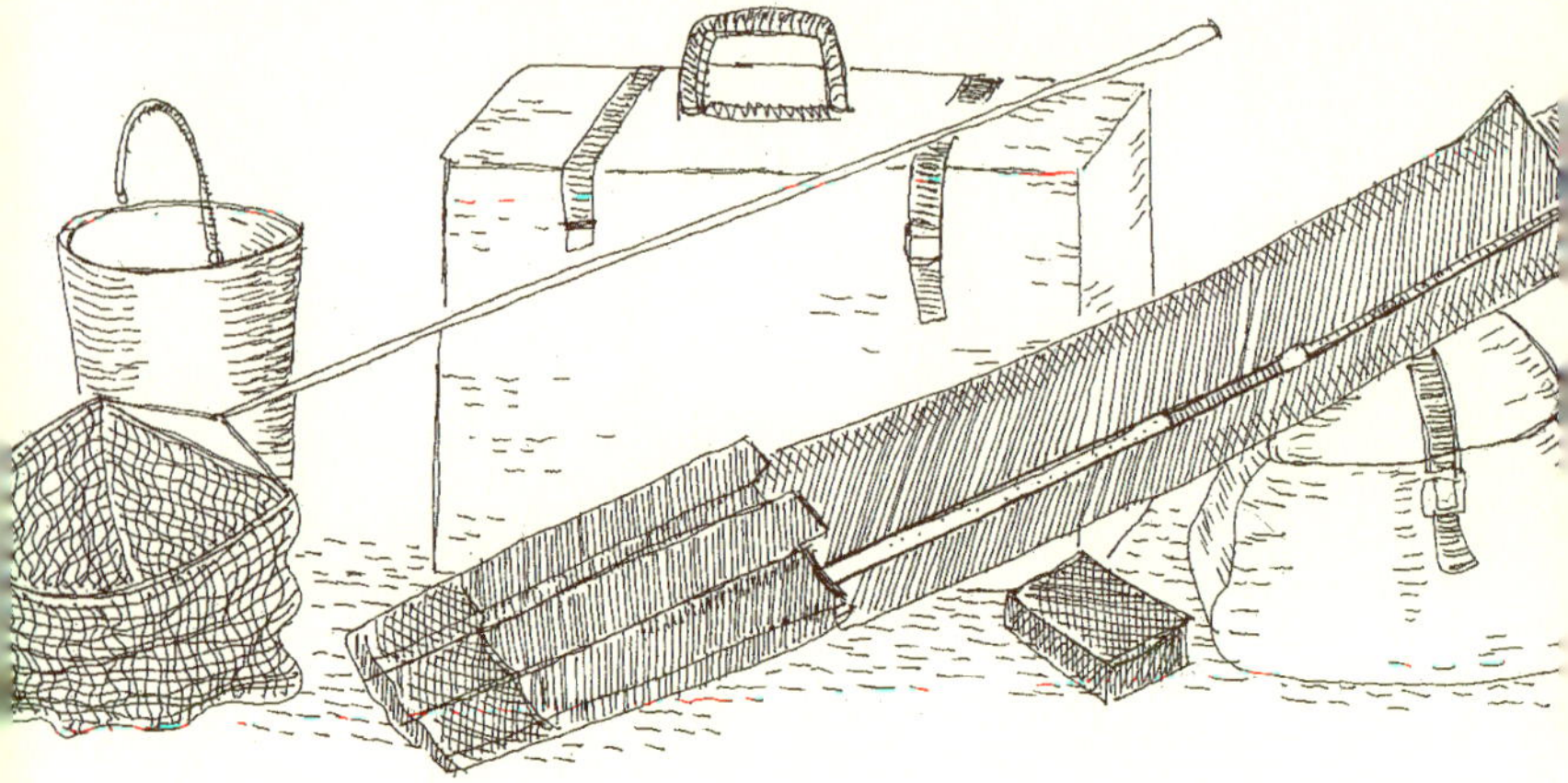

晴れた土曜日の朝早く、お父さんは忘《わす》れ物がないようにたしかめながら、車に荷物を積《つ》みこみます。これには、おそろしく時間がかかりました。もしなにか見つからないものがあると、ほかのことはすべてやめて、みんなで見つかるまで探さなければなりません。そんなわけで、出発するころには、空はくもり、お父さんとお母さんがけんかするせいで、日もすっかり高くなっていました。

　地元のガス工場の裏《うら》にある、わびしい貯水池《ちょすいち》が、お父さんのお気に入りの釣《つ》りスポットでした。でも、トーマスたちがつくころには、時間が遅《おそ》いせいで、いい釣《つ》り場はすべてうまってしまっています。せっかくの努力も水の泡《あわ》です。

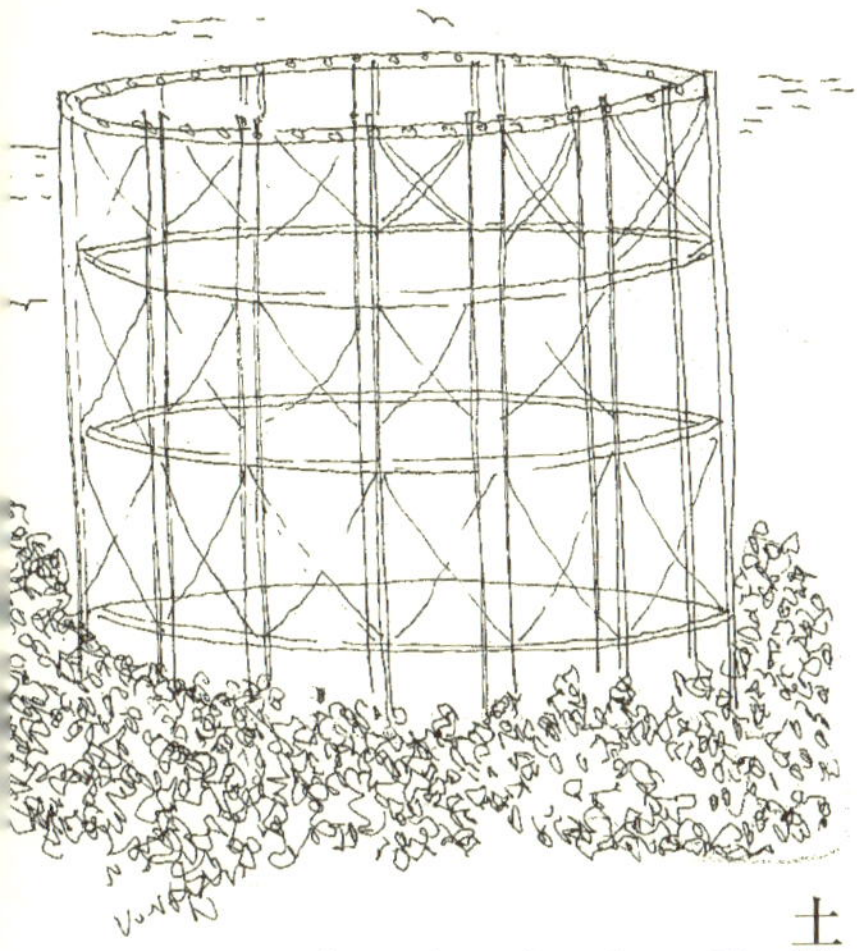

釣《つ》りをする時間はほとんど残っていないのですから。

けっきょく、ふたりともすっかり疲《つか》れ、うんざりして家に帰るというのが決まりでした。トーマスは重苦しい気もちで、お父さんのいつものセリフを待ちます。

「次こそ、うまくいくさ。な?」でも、うまくいったためしはありませんでした。

お父さんが一生懸命《いっしょうけんめい》働いていることは、まちがいありません。土曜日に釣《つ》りにいくとき以外は、週末も、ボタンの売上高を計算していました。

お母さんは台所のテーブルにひとりですわって、雑誌《ざっし》をパラパラめくったり、家の中を好きな色でぬれたらどんなふうになるかしら、などとぼんやり考えたりしています。

今の家に引《ひ》っ越《こ》してきたとき、お父さんは、部屋の中をくすんだ白色と茶色にぬりました。ありきたりで変わったところはひとつもありませんでしたが、それこそがお父さんがよしとしていることでした。

家の中には、悲しい気もちが霧《きり》のように立ちこめていました。トーマスが飛びはじめてから、ますます悪くなったようです。お父さんはますますかたくなになり、ますますまわりを見ないようになりました。

トーマスはときどき、お父さんが楽しくなりますようにという最初の願いを、妖精《ようせい》がかなえてくれなかったのを残念に思いました。かなえてもらっていれば、今ごろすべてがうまくいっていたでしょうから。

10

一方、学校は、これまでにないくらい楽しくなりました。まえは目立たなくて、友だちといえばスパッドという男の子しかいなかったのに、今では学校でも一、二を争う人気者なのです。そうなったのには、先生たちも関係していました。先生たちは、トーマスが飛んでいるのを見ないようにしているか、もしくは本当に見えていないようでした。そのため、トーマスのほうが自然と、大人たちより立場が強くなったのです。そんな力をもつということに、トーマスは怖《こわ》さも感じました。

スパッドたちには、それが信じられませんでした。ピーチ先生は、本当にトーマスが飛んでいるのが見えないのでしょうか。先生は、トーマスがジャンプして、体育館のはりに頭をぶつけたのを見ていたはずです。なのに、トーマスは体育が苦手だといって腹を立てるなんて、あまりにもひどいではありませんか。トーマスが、左足が四本あるみたいにサッカーをしていても、すばらしいスターだということを認《みと》めないのです。まるで重力なんて存在《そんざい》しないみたいに、美しく優雅《ゆうが》に空を飛びまわっているのに。

トーマスにしたって、ひとりでいいから大人に「ほら、トーマス・トップが空を

飛んでる！」といってほしかった
のです。
　これといって特別なことのない木曜日でした。トーマスはいつものように、休み時間に校庭の上空をひとまわりして、何度か派手《はで》な回転をしてみせました。それから、みんなといっしょに教室へもどり、ヘンリー八世についてのたいくつな授業《じゅぎょう》を受けながら、自分が王さまだったらだれの首をちょん切ろうかと考えていました。ピーチ先生の面白みのない顔と、ネズミのような冷たい目と、薄《うす》い唇《くちびる》をながめました。よし、ピーチ先生が最初だ。そう決めたとき、ピーチ先生のどなり声が飛んできて、空想は打ち切られました。
「トーマス・トップ、聞いてるんですか？　すぐに校長先生のところへいきなさい」ピーチ先生は、学校の事務員《じむいん》の人が

もってきたメモを読んで、そういいました。

「どうしてですか?」トーマスはたずねました。

ピーチ先生の顔が、みるみるうちに赤くなりました。「トーマス、口答えしないで、いわれたとおりにしなさい。上着とリュックサックももっていきなさい」ピーチ先生は怒《おこ》っていいました。

悪い予感がします。

校長室へいくと、お母さんがすわっていました。泣《な》いています。トーマスは、きっと自分がおそろしいことをしてしまったんだと思いました。でも、心当たりはありません。

校長先生がいっています。「お気の毒《どく》です、トップさん。しかし、秩序《ちつじょ》をみだす生徒を置いておくわけにはいきません」

トーマスは耳を疑《うたが》いました。

「ですから、もはや停学《ていがく》という選択《せんたく》しかないと考えたわけです。理事会のあと、もう一度、検討《けんとう》しましょう」

トーマスのお母さんはなにもいわずにトーマスの手を取って、家へ向かいました。ふたりとも、だまったまま、歩いていきます。お父さんはきげんを悪くするでしょう。数週間の外出禁止《きんし》はまちがいありません。それどころか、何年も家から出してもらえないかもしれません。誕生日《たんじょうび》パーティは取りやめに決まっています。トーマスはみじめな気もちで考えました。がっかりです。友だちがたくさんくることになっていたのに。

トーマスは家につくと、いいました。「あんまりだよ。ぼくはなにも悪いことはしてないのに。校庭を飛んだり、木に引っかかったボールをとったりしただけなんだよ。いたずらとか、そういうことはなにもしていないんだ。それに、みんな、ぼくが飛ぶのが大好《す》きで、クラスじゅうの子がぼくの誕生日《たんじょうび》パーティにきたがってるんだよ。なのに、パーティもできないなんて」

お母さんは台所のテーブルにすわって、頭をかかええました。

「お母さん。ぼくはただ、ぼくが飛べるってうそをついてるわけじゃないことを、認《みと》めてほしいだけなんだ。ぼくは『秩序《ちつじょ》をみだし』たりしてない。どういう意味か、よく知らないけど」

お母さんは窓《まど》の外を飛んでいく鳥をながめながら、ほとんどささやくような声でいいました。「わかってるわ、トーマス。わたしはあなたが飛んでいるのを見たし、心の中では誇《ほこ》りに思ってる。でも、お父さんや先生たちが見ようとしないのに、お母さんになにがいえる？」

トーマスはお母さんの首にだきつきました。

「ごめんなさい。お母さんを困《こま》らせるつもりじゃなかったんだ」

「もちろん、わかってるわ。あなたが悪いんじゃないわ、トーマス。お母さんもあなたみたいに翼《つばさ》があって、飛べたら、どんなにいいかしら！」

「ぼくは、翼《つばさ》はないよ」

「そうだったわね。でも、あなたのいうとおりよ。あなたはすばらしいことができる。すばらしい魔法《まほう》だわ。お母さん、心からうらやましいのよ。空を飛ぶってどんな気もち？」

「すごくすてきだよ、本当にすばらしいんだ。でも、だれも気づかないんだ。見てるのは、子どもと犬だけ。このあいだなんて、友だちのヴィニーさんと大通りの真上を飛んだんだよ」トーマスは誇《ほこ》らしげにいいました。

「ヴィニーさんって？」

「部屋のペンキをぬったり、壁紙《かべがみ》をはったりする仕事をしてるんだ。バスの定期券《ていきけん》をもってるんだけどね、使わないんだよ。ぼくと同じで、飛べるからさ。ヴィニーさんがいうには、飛べる人はけっこういるらしいんだ。ぼくはまだ、ヴィニーさんしか会ったことないけど。でも、今はあまり子どもはいないんだって。今の子は、飛べるようになりたいって願わないから」

「どうして？」

「きれいになりたいとか、頭がよくなりたいとか、長い髪《かみ》とか、世界一頭のいいコンピューターがほしいとか、そういうことを願うからさ。飛べるようになりたいなんて、単純《たんじゅん》なことを願う子はめずらしくなってるって、ヴィニーさんはいってた」

「なるほどね」お母さんは、トーマスを新しい目で見るようになっていました。自分の息子、たいせつな、かわいい、飛ぶことならなんでも知っているすばらしい息子を！

「ねえ、ヴィニーさんをお茶に招待《しょうたい》しなくちゃ。お母さんも、ヴィニーさんに会ってみたいわ。今度の火曜日にこられるかどうか、電話をかけてみてくれる？」お母さんはそういって、にっこりほほ笑《え》みました。

「でも、お父さんは？」トーマスは心配でした。

11

その夜、お父さんとお母さんは大ゲンカしました。あんなに怒《おこ》ったお父さんは、見たことがありません。お母さんのいうことには、ひとことだって耳を貸《か》そうとしないのです。「頭がおかしくなったのか、リタ？　男の子というものは、飛ばないんだ！」お父さんはどなりました。

トーマスの誕生日《たんじょうび》パーティは取りやめになりました。

お父さんが電話すると、スプーンさんは、「とても残念だけれど、今の時代でも、悪いことをした子はちゃんと罰《ばつ》を受けると聞いて安心しましたよ」といいました。

「悪いことをしたわけじゃありません。ただ飛んだだけなんです」お母さんは一生《いっしょう》懸命《けんめい》いいました。

「今後いっさい、飛ぶだのなんだのくだらないことはいうな」お父さんは青すじを立てて怒《おこ》りました。「わたしたちはごくふつうの家族なんだ。空を飛ぶなんて、おとぎ話の世界の話だ」

「もうこれ以上、たえられないわ、アラン」お母さんは泣《な》き出しました。

トーマスはベッドに入りました。涙《なみだ》がとまりません。頭まで毛布《もうふ》をかぶっても、

お母さんとお父さんが台所でどなりあっているのが、聞こえました。
次の日の朝になっても、事態《じたい》はちっとも変っていませんでした。お父さんは朝ごはんのあいだもだまりこくったまま、ひと言も口をきかずに仕事にいってしまいました。お母さんは会社に電話して、子どものあずけ先が決まるまで、一週間ほど休みがほしいといいました。「これ以上、休まなきゃならなくなったら、クビね」お母さんは台所の壁《かべ》に向かっていいました。
「ごめんなさい」トーマスはいいました。トーマスは、台所に入っていって、お母さんのうしろに立ちました。涙《なみだ》で目がチクチクします。お母さんはふりむいて、にっこりほほ笑《え》みました。

「あなたのせいじゃないわ。ほら、そんな悲しそうな顔しないの。大人でいるっていうのは、大変なことなのよ。この世界には魔法《まほう》があるっていうことが見えなくなってしまうの。でも、それはわたしたちの問題で、あなたの問題じゃないわ」

週末になっても、事態《じたい》がよくなるようすはありませんでした。外は晴れわたっているのに、家の中は冬みたいです。お父さんは「ああ」と「いいや」しかいいません。釣《つ》り用の帽子《ぼうし》がないとさわいだあげくに、ひとりで釣《つ》りに出かけてしまいました。

お母さんは、お父さんが留守《るす》のあいだにスパッドをよんでくれました。

スパッドとトーマスは、庭の物置の裏《うら》で遊びました。

「この中ってなにが入ってるの？」スパッドがききました。

「知らない。お父さんに入るなっていわれてるんだ。芝刈《しばか》り機があるだけだからって」トーマスはいって、石をけりました。

ふたりはトーマスの誕生日《たんじょうび》パーティの話をして、中止になったなんて最悪だといい合いました。「学校でいちばん話題になったパーティなのにさ」

「まあ、ある意味では中止になってよかったと思ってるんだ。だって、想像《そうぞう》できないだろ？　みんながすわって、スプーンさんの子どもっぽいマジックショーを見てるところなんてさ？」トーマスはいいました。

「埋《う》め合わせに、きみがたっぷり飛んでみせるはめになったろうな」スパッドもうなずきました。

ふたりの意見がいっちしたのは、飛ぶのがうまいという理由でトーマスを停学《ていがく》にしたのはまちがいだということでした。

「学校で教えなくちゃいけない科目に入ってないからなあ」スパッドはいいました。

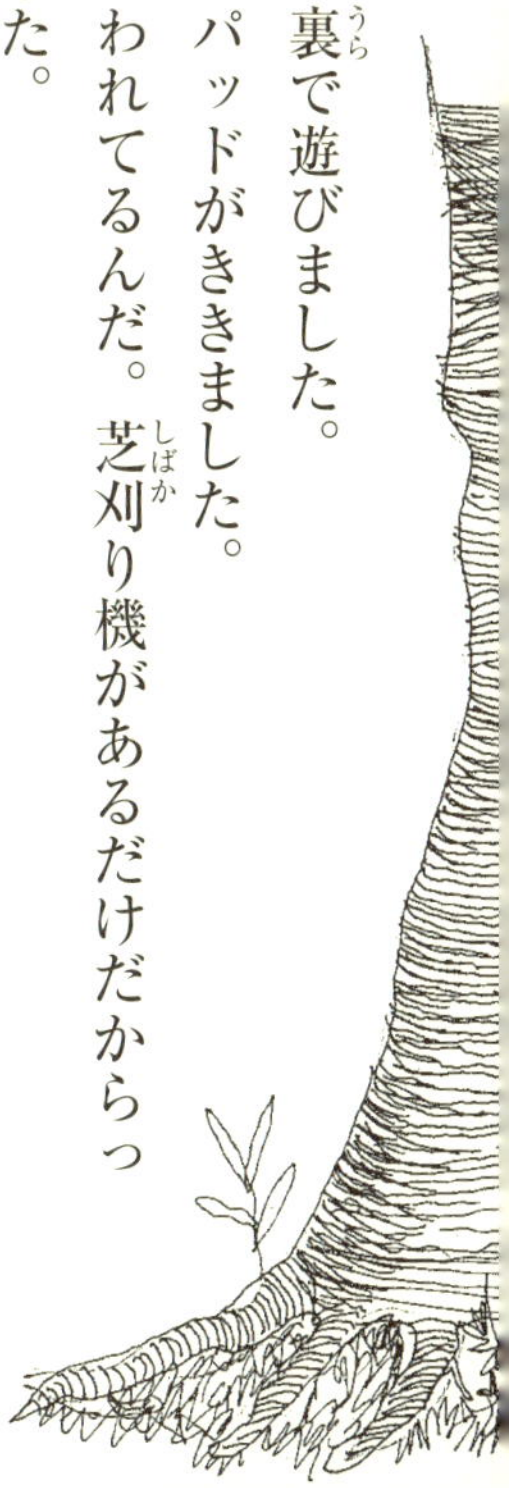

「ピーチ先生が飛び方を教える授業《じゅぎょう》をしなきゃいけなくなったら、最高だよね」

と、トーマス。

「うちの学校の先生たちは、みんな、ソンビだよ。生けるしかばねさ！」

トーマスは笑《わら》いました。とてもいい気分でした。いちばんの親友といっしょで、外は日がさんさんとふりそそいでいます。トーマスはさあっと空へ舞《ま》いあがり、また地面におりました。スパッドがあとを追いかけます。そのようすは、まるで男の子の形をした凧《たこ》を追いかけているようでした。

最後に一周したとき、スパッドはうっかり物置にぶつかってしまいました。すると、おどろいたことに、扉が開いたのです。トーマスはスパッドの横におりて、ふたりでそうっと扉《とびら》を押し開けました。

「入るのはまずいよ。のぞいたのがばれたら、お父さんがかんかんになるよ」トーマスがいいました。

「芝刈《しばか》り機のうしろになにかある」と、スパッド。

目が暗闇《くらやみ》になれてきたので、トーマスはもう一度、見てみました。スパッドのいうとおりです。

なにかわかりませんが、奥《おく》のほうにかくしてあって、上から防水《ぼうすい》シートがかけてあります。

「見てみろよ。おれは見張《みは》ってるから」スパッドはいいました。

トーマスは入り口でためらいました。でも、

好奇心《こうきしん》には勝てません。なにも動かさないよう注意しながら、そろそろ入っていきます。そして、おそるおそるシートをもちあげて、中をのぞきこみました。

自分でもなにがあると思っていたのか、よくわかりませんが、トーマスは中のものを見て目をみはりました。

すてきなむかしのオートバイです。サイドカーがついていて、クロムメッキが星くずのようにきらきらかがやいています。ほとんど新品みたいです。

ふたりはあんぐりと口をあけて、見とれました。

「きみのお父さんがぬすんできたとか？」

スパッドはいいました。

「まさか。お父さんはそんなことしないよ」

そういいつつも、スパッドの気もちもわかりました。

お父さんが、こんなすごいオートバイを庭の物置にかくしているなんて、たしかにちょっとへんです。ふたりはいそいでシートをもとの位置にもどすと、かんぬきをかけて、今回は扉《とびら》がきちんとしまっているかどうか、たしかめました。

お母さんがレモネードとビスケットをもってきて、スパッドにもう少ししたら帰ったほうがいいといいました。ふたりは芝生《しばふ》の上にすわって、食べました。

「謎《なぞ》だな。お父さんには、きみが知らないもうひとつの人生があるとか」

トーマスは、そうは思いませんでした。お父さんがそんなふうに楽しんでいるところは、想像《そうぞう》がつきませんでしたから。

12

火曜日は永遠《えいえん》にこないように思えました。楽しみにしていることはなかなかやってこないし、やっとその日になると、すぐに過《す》ぎてしまうように思えるのはなぜでしょう？　でもとうとう、ヴィニーさんがやってきました。飛行士用の古いジャケットでびしっと決めています。

お母さんは庭のテーブルに白いテーブルクロスをかけて、花をかざり、お茶の用意をならべました。トーマスもケーキを作るのを手伝いました。イチゴのジャムと生クリームをぬるのは楽しくて、まるで絵の中のケーキみたいに仕上がりました。

お母さんとヴィニーさんは、すっかり意気投合しました。お母さんは、飛ばない大人がききそうなことをかたっぱしから質問《しつもん》しました。たとえば、危《あぶ》なくないですか？　とか、トーマスがけがをするようなことは？　とか、風で飛ばされたりしないんですか？　とか、晴れの日以外は飛ばないほうがいいですか？　とか、そんなことです。ヴィニーさんはケーキを食べて、大変おいしいです、とお礼をいい、トーマスはきちんとしているから心配しなくてだいじょうぶと、お母さんを安心させました。

「飛ぶのがどんな感じか、ためしてみたいですか？」ヴィニーさんはききました。

「空を飛ぶってことですか？　むりだわ」お母さんは赤くなりました。

「むりじゃないよ、お母さん。だいじょうぶさ。ヴィニーさん、お母さんに話してよ」トーマスは興奮《こうふん》していいました。

そこで、ヴィニーさんは、奥《おく》さんのアニーの話をしました。アニーもトーマスのお母さんと同じで飛べなかったこと、でも、ヴィニーさんとふたりで空を飛んだこと。

「フランスまで飛んでいったんでしょ」

トーマスはいいました。お母さんに、飛ぶのがどんな感じか、見せたくてたまらなかったのです。

お母さんは庭の真ん中に立ちました。そして、ヴィニーさんが片方《かたほう》の手を、トーマスがもう一方の手をにぎりました。

「わたしはどうすればいいんですか?」

お母さんはなんだかバカみたいだわと思いながら、ききました。

「なにもしなくていいんです。おれたちの手にしっかりつかまって、はなさないでください」

ヴィニーさんがそういったのと同時に、

お母さんは地面をはなれ、空に舞《ま》いあがっていました。下を見ると、小さな庭や家がパッチワークのキルトみたいに広がっています。

「なんてすてきなの！」

お母さんは大きな声でいいました。

「ああ、これこそ魔法《まほう》だわ！」

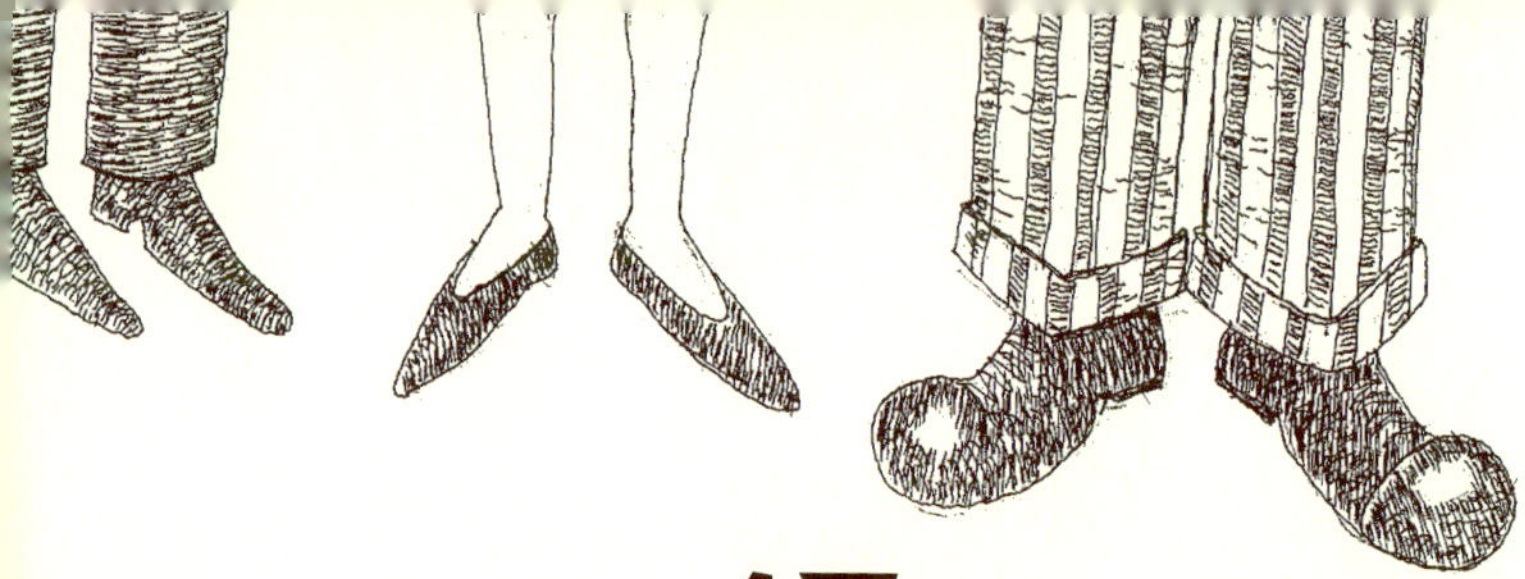

13

「リタ、いったいなにをやってるんだ⁉」

お母さんが庭にもどってくると、お父さんのどなり声がひびきました。

「飛んでたのよ」お母さんは誇《ほこ》らしげにいいました。

「それに、この男はいったいだれで、ここでなにをやっているんだ？」お父さんは怒《いか》り心頭《しんとう》です。

お母さんは説明しようとしました。トーマスとヴィニーさんもいっしょになってどういうことか話そうとしましたが、お父さんは聞く耳をもちませんでした。

「こんな異常《いじょう》なことはもう、たくさんだ。リタ、いったいどうしたというんだ？」

その日は、最悪の形で終わりました。お父さんはヴィニーさんをどなりつけ、招《まね》かれようがどうだろうが、このうちにくる権利《けんり》

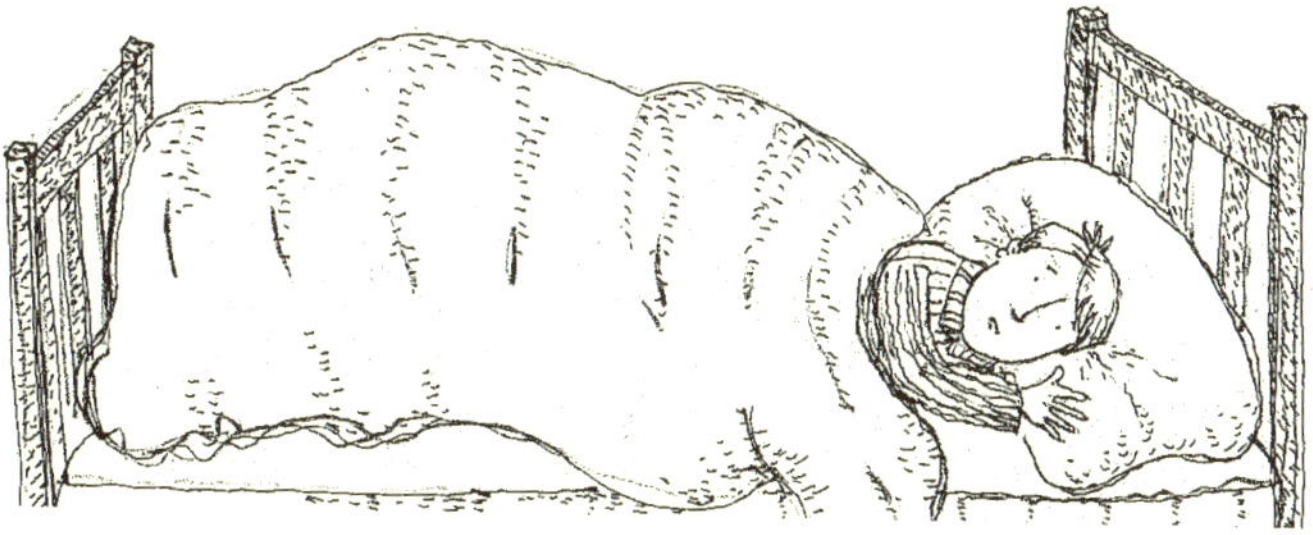

はないといいわたしました。それどころか、今回の飛ぶだのなんだの、ばかばかしいさわぎはぜんぶ、ヴィニーさんのせいだとまでいったのです。トーマスは早い時間にベッドにいかされ、またしても一階で両親がいい争っている声を聞くことになりました。

翌朝《よくあさ》、台所へいくと、お母さんがテーブルにひとりですわっていました。悲しそうな、とほうにくれた顔をしています。お父さんは、すでに仕事に出かけたあとでした。

「お父さんはどうしてあんなに怒《おこ》るの？」トーマスはシリアルを食べながら、ききました。お母さんは窓《まど》の外へ目を向け、薄《うす》いブルーの空を見あげました。

「お父さんが不幸なのは、お父さんの仕事のせいだと思う。たぶん、お父さんもあなたと同じなのよ。仕事で、ボタンの売り上げが足りないって、上司にいじめられているの」

「ぼくはもう、いじめられてないよ」トーマスはいいました。

「わかってるわ。ふつうでいようなんて、うまくいかないのよ。人によっては、とっぴなことをするよりも、ふつうでいるほうがよほど難《むずか》しいわ」

「ぼくもそう思う」

お母さんは紅茶《こうちゃ》をいれて、初めて会ったころのお父さんの話をしてくれました。お母さんが知っていたどの男の人ともちがっていて、そこに惹《ひ》かれたこと。お父さんはちっともふつうなんかじゃなくて、サイドカーのついているオートバイをもっていたこと。オートバイは、映画《えいが》スターみたいな〈ハーレー・ダビットソン〉という名前だったこと。

「そのバイクはどうなったの？」トーマスはききました。オートバイを見たことは、いいたくなかったのです。

「ああ、庭の物置にあるわ。それにね、トーマス、お父さんはむかしはマジックが得意だったのよ。帽子《ぼうし》から花を出したり、耳のうしろからコインを取り出したりしていたんだから」

「なにがあったの？」トーマスはたずねました。「どうして今はあんなふうなの？」

「お父さんは、あなたのためにいろいろなものを手に入れたかったの。お金をかせごうとしたのね。りっぱな家に住んで、ボタンの売り上げナンバーワンのセールスマンになって。でも、そうはいかなかった」お母さんは悲しそうにいいました。「大人になって、責任《せきにん》をはたすべきだって、お父さんは考えた。それで、身動きがとれなくなっちゃったのね。あなたにとっては、時間はゆっくり進むものでしょうけど、わたしたちにとっては飛ぶようにすぎていく。わたしたちはいつの間にか夢《ゆめ》をなくしてしまったのね。それに、お父さんは、夢《ゆめ》なんて子どもがみるものだと思っていたし」

トーマスは考えました。これで、オートバイの謎《なぞ》はとけました。あんなすてきな乗り物をもっているのに、庭の物置にかくしておくなんて、なんてふしぎなんでしょう。それに、お父さんがかくしていたのは、それだけではないのです。そう思うと、トーマスはひどく悲しい気もちになりました。

14

悪い事になっているのは、トーマスもわかっていました。お母さんはお姉さんのところへ泊《と》まりにいったきり、帰ってきません。今日は土曜日で、お父さんの誕生《たんじょう》日《び》です。本当なら、パーティでお祝いをするはずです。トーマスはベッドに横になったまま、これからどうなるんだろうと考えていました。誕生日《たんじょうび》カードと、ちょっとしたプレゼントは用意しました。釣《つ》り針《ばり》を入れるための箱で、ペンキで絵も描《か》きました。

プレゼントをわたそうと、トーマスがベッドからおりかけたときでした。玄関《げんかん》のベルがなって、聞いたことのある声がしたのです。トーマスはベッドから飛びおりて、ガウン姿《すがた》のまま、スリッパもはかずに、階段《かいだん》をかけおりました。

玄関《げんかん》には、お父さんが立っていました。

「どういうことだか、わかりませんが」お父さんがいっています。まえに立っているのは、あの太った妖精《ようせい》でした。

「簡単《かんたん》なことですよ、トップさん。あなたは、トーマスのアラン・トップさんでしょ？」

「ええ」

「あたしは、あなたの願いをかなえるためにきたんです」

「なにかの悪ふざけか？　だとしたら、こっちはそんな気分じゃないんだ」お父さんはいいました。

「ちがいます」と、妖精《ようせい》。

「お父さん」トーマスは、お父さんのそでを引っぱりました。

「トーマス、あとにしろ」お父さんはピシャリといいました。「わけのわからん物を売りつけにきた販売員《はんばいいん》と話しているのが、わからないのか？」

「あたしは、なにも売っちゃいませんよ。さあ、願いをかなえてほしいんですか、ほしくないんですか？　一日じゅうここにつっ立っているわけにはいかないんです。ほかにもいくところがあるんですから。願いをかなえに」

「どういう意味だ、願いというのは？」お父さんはたずねました。

「困《こま》ったもんね。単純《たんじゅん》なことでしょうが。願い事をするんです。あなたが願えば、あたしがかなえる。そうすりゃ、あたしはとっとと帰れる」妖精《ようせい》はきっぱりといって、腕《うで》を組みました。

「わけがわからん。どこの会社の者だね？　あんたにそんなかっこうで町をうろうろさせるなんて、なにを考えているんだ。羽はおれまがってるし、ティアラなんて、だれかが上にすわってつぶしたみたいじゃないか」

「ああ、あたしに忍耐《にんたい》を！」と、妖精《ようせい》。「あたしがどれだけ苦労してここにきたか、わかってるんですか？　あなたみたいな人間に願いが与《あた》えられたとはね。これまでは、一家族にふたりなんてこと、なかったんですから！」

「お父さん、お願いだから、願い事をして」トーマスはいいました。

「トーマスの誕生日《たんじょうび》にもきたのかね？」お父さんはふしぎそうな顔をしました。

「ええ、あなたの息子にも願い事をプレゼントしたんですよ。それで今度また、あなたのためにきたってわけ」

「わたしは願い事などいらん」

「お父さん、お願い」トーマスはもう一度いいました。太った妖精《ようせい》が帰ろうとしたからです。

「悪いけど、これ以上ぐずぐずしてられないわ」妖精《ようせい》はいいました。

「お願いだよ、お父さん。お願い」

トーマスは必死になっていいました。

「楽しくなりますようにって、お願いして」

「もうたくさんだ。おまえもおかしなことをいわないでしっかりしろ、トーマス」

妖精《ようせい》は背中《せなか》を向けて、立ちさろうとしました。

「お父さんはチャンスをだいなしにしたんだ。これまで、なにもかもだいなしにしてきたみたいに」

トーマスはどなると、家の中に駆《か》けこもうとしました。

ところが、そのとき、お父さんがほとんどささやくような

声でいったのです。「わたしは……、楽しくなりたい」

でも、遅《おそ》すぎました。妖精《ようせい》はもう、声が聞こえないところまでいってしまっていたのです。お父さんはドアをあけたまま、ぼうぜんと立っています。

そのときでした。太った妖精《ようせい》がいきなりふりかえって、お父さんを見たのです。そして、大きなゲップをすると、「次から次へと願い事をやっつけるもんだから、胃が荒《あ》れちまってね」といいました。そして、妖精《ようせい》はいってしまいました。

15

お父さんは玄関《げんかん》のドアをしめると、いいはじめました。「ほらな、なにも変わらないだろ……」それから、まるで初めて見るように、トーマスのことを見ました。そして、笑《わら》い出したのです。お父さんは笑《わら》って、笑《わら》って、笑《わら》いつづけました。

トーマスは、心配になってお父さんを見ました。なにか大変なことが起こってしまったのでしょうか。けれども、やがて、お父さんの笑《わら》いが、表面だけのうつろな笑《わら》いではないことに気づきました。楽しいときにおなかの底からわきあがってくるような、笑《わら》いです。

「おい、トーマス、トーマス、今の見たか？　あんな太ってる妖精《ようせい》は、見たことがない。おかげさまで、楽しめたよ。こんなに笑《わら》ったのはひさしぶりだ」

「うん、お父さん。あの妖精《ようせい》は、お父さんのお誕生日《たんじょうび》プレゼントだよ。お誕生日《たんじょうび》おめでとう！」そういって、トーマスはお父さんにだきつきました。

「まったくおまえときたら、とんでもない息子だよ！」お父さんはニコニコしながらいいました。

トーマスは、二階へカードとプレゼントを取りにいきました。お父さんは台所へいって、ふたり分の朝食を作りました。トーマスがおりていくと、お父さんは台所の壁《かべ》をじっと見つめていました。

「この部屋はさえないな。今まで、気づかなかったよ」

お父さんはいいました。

「うん、お母さんはいろんな色でぬりたいっていってるよ」

「わたしがやめさせたんだ」お父さんは悲しそうにいいました。

「わたしはなんておろかだったんだ。もう手《て》遅《おく》れだろうか」

「そんなことないよ、お父さん」トーマスはいって、ひきだしからお母さんがしまっていたスクラップブックを取ってきました。お母さんが、家にぬりたいと思ったペンキの色見本を集めたものです。お父さんはそれを見ました。

「よし、こうしよう。お母さんが好きな色に、家をぬりなおすんだ」

それから、お父さんはいいました。「いや、むりだ！

とても間に合わない。お母さんが帰ってきて、そこいらじゅうにはしごが立てかけてあるのを見たら、びっくりしてしまうかも……」

「お父さん、ぼくの友だちのヴィニーさんは、ペンキをぬる仕事をしてるんだ」

「でも、どうかな。ヴィニーさんには失礼なことをしてしまったから」

「だいじょうぶだよ。太った妖精《ようせい》がきたっていったら、わかってくれるよ」

「どうしてだい？」

「ヴィニーさんもぼくくらいのときに、願いをかなえてもらったんだ。飛べるようになりたいっていう願いを」トーマスはいいました。

「おまえと同じってことか。おまえが飛んでいるあいだじゅう、わたしはバカみたいに見えないふりをしていた。ああいった魔法《まほう》を受け入れるには、人生はたいくつで平凡すぎるんだ。だが今は、まるで霧《きり》が晴れたような気分だよ。目の中がきらめいているみたいだ」

ふたりはいっしょに朝ごはんを食べました。トーマスがカードとペンキで絵を描《か》いた箱をプレゼントすると、お父さんは、自分がもっている中でいちばんすてきな

箱だといいました。朝ごはんが終わると、さっそくヴィニーさんに電話をしました。ヴィニーさんはすぐにきてくれました。トーマスとお父さんとヴィニーさんは三人で、たちまちひと部屋、ペンキをぬりかえました。三人のうちふたりは飛べますし、お父さんは床《ゆか》と壁《かべ》のさかいを担当しましたから、あっという間でした。

その日は、お父さんとトーマスにとって、最高の一日になりました。日が暮《く》れると、お父さんとトーマスとヴィニーさんは三人で台所の床《ゆか》にすわって、テイクアウトのお店で買った食事を、笑《わら》ったり冗談《じょうだん》をいったりしながら食べました。

ヴィニーさんはお父さんに、覚えている手品があるかどうかたずねました。お父さんは、今でも覚えているし、道具のいくつかはまだ庭の物置にしまってあるといいました。暗くなりはじめ

たばかりだったので、三人は庭へ出ました。物置には、手品の道具がしまってある箱といっしょに、防水《ぼうすい》シートで覆《おお》われたオートバイがあります。トーマスは中身を知っているので、ちょっとうしろめたかったのですが、防水《ぼうすい》シートを指さしていいました。

「お父さん、あれはなに？」

お父さんがシートを外すと、サイドカーつきのハーレーが出てきました。ハーレーは、暗闇《くらやみ》の中でピカピカとかがやきました。

「こりゃすごい！」ヴィニーさんはいいました。

「かっこいいな！」

お父さんは、トーマスが見たこともないような満面の笑《え》みをうかべました。

「むかしはよく、リタを乗せて走っていた

んです。楽しかったな。トーマスが小さいころも、よく乗せていたんですよ。海へいったり、いろんなところをまわったっけ……」お父さんは口ごもりました。

「むかしの楽しかったころのことを、すっかり忘《わす》れていた」

「だいじょうぶですよ。明日の朝になったら、こいつが動くかどうか、見てみましょう」ヴィニーさんはいいました。

「これで、お母さんを迎《むか》えにいったらいいよ」トーマスは胸《むね》がわくわくしてきました。

「では、ペンキぬりは、おれと若《わか》き飛行助手で終わらせておきましょう」ヴィニーさんはいいました。

16

翌日《よくじつ》の晴れた朝早く、ヴィニーさんは焼きたてのパンをもってやってきました。厚切《あつぎ》りにして、溶《と》けたバターをぬって食べると、真っ白い雲みたいな味がしました。食べ終わったあと、オートバイにガソリンを満タンに入れると、なんといっぺんでエンジンがかかりました。

ヴィニーさんは、お父さんに飛行士用のジャケットとゴーグルを貸《か》してくれました。オートバイにまたがったお父さんは、最高にかっこよく見えました。オートバイは、ブルルルルンという音とともに出発しました。

トーマスとヴィニーさんは、いそいで作業をすすめました。リビングと、お父さんたちの寝室《しんしつ》のぬりかえをすませると、テーブルに白いテーブルクロスをかけ、庭からとってきた花をかざりました。お母さんはそうするのが大好《す》きなのです。ヴィニーさんとトーマスは大満足でした。

お母さんが帰ってきたときには、家じゅうピカピカで、新しいペンキのに

おいがしていました。お母さんはうれしそうに声をあげました。

「まあ！　どういうこと！」

お父さんがお母さんのスーツケースをもって、入ってきました。

「気に入ったかい？」

お母さんはふりかえって、お父さんを見ました。「あなたのアイデアなの？」お母さんはびっくりしてききました。

「ああ、そうだよ。リタ、わたしはバカだった。わたしはずっと、ほかの人と同じになりたいと思ってきた。自分の家族がふつうとちがうってことを、わかろうとしなかったんだ。みんなと同じってことは、存在《そんざい》しないということと変わらない。気づいたのが遅《おそ》すぎたかな？」お父さんは不安そうにいいました。

「いいえ、アラン。ちっとも遅《おそ》すぎないわ。でも、どうしてそんなふうに考えるようになったの？」

「そうだな、たぶんきみの誕生日《たんじょうび》プレゼントのおかげだと思うよ」

トーマスは、どういうことだろうと思いました。お母さんがお父さんにプレゼントをわたした覚えがなかったからです。

「あの、きみが寄《よ》こしてくれた太った妖精《ようせい》だよ。すっかり笑《わら》わせてもらった」

お母さんはトーマスとヴィニーさんを見て、にっこりしました。「なにをお願いしたの？」

「楽しくなりたいって」お父さんは恥《は》ずかしそうにいいました。

「ああ、アラン、アラン・トップ、愛《あい》してるわ！」

お母さんはいいました。

17

それ以来、お父さんはすっかり別人になりました。

月曜日、お父さんとお母さんはマーチ校長先生に会いにいきました。マーチ先生は、トーマスが飛ばないようにするなら、学校にもどってもいいといいました。トーマスがすばらしいことができるのを、まだ認《みと》めない人はいましたが、トーマスはもう気にしませんでした。いちばん大切な人たちがわかってくれているのですから。それでじゅうぶんでした。

お父さんは、もう一度、トーマスの誕生日《たんじょうび》パーティを計画しましたが、スプーンさんをよぶのはやめました。「小さい子相手なら、ぴったりだが、もうおまえには向かないからな」

そして、代わりにヴィニーさんをよびました。ヴィニーさんとトーマスは、友だちをひとりずつ連れて、庭の上を一周しました。お母さんは、すてきなごちそうを作ってくれました。お父さんは、とびきりの手品を見せてくれました。パーティは、これ以上ないというくらい、大成功をおさめたのです。みんなが帰ると、トーマスはお父さんと庭に立って、夕日がしずむのをながめました。

「次にヴィニーさんがきたら、ふたりでお父さんを空に連れていってあげるよ」トーマスがいうと、お父さんは笑《わら》いました。

「じゃあ、クリームたっぷりのスコーンを少しひかえておかないとな」

そして、トーマスのことをだきしめました。

「さあ、いっといで。飛びにいきたいんだろう？　だが、あまり遅《おそ》くなるなよ」

「ありがとう、お父さん」

トーマスは飛びたちました。

18

トーマスは公園まで飛んでいって、アレクサンドリア宮殿《きゅうでん》の屋根におりました。ここで、鳥たちといっしょにすわっているのが、トーマスは好《す》きでした。空を飛ぶってなんてすてきなんだろう。そう思っていたとき、いきなり太った妖精《ようせい》がとなりにおりてきたのです。

「こんにちは、トーマス」太った妖精《ようせい》はいいました。

願ってもない幸運です！「また会えて、うれしいです」トーマスはいいました。

「どんなようすかと思ってね。この物語がどんなふうに展開していくか、ずっと見ていたの。大満足よ」

「ぼくの友だちがみんな、あなたのことを探《さが》してるのは、知ってますか？」

トーマスはききました。

「だれもがあたしを探《さが》してるのよ。でも、見つからないことのほうが多いわね」妖精《ようせい》はにっこりほほ笑《え》みました。

「あなたのおかげで、なにもかもうまくいったんです。本当にありがとう」

「お礼はいいわ。あなたが、お父さんが楽しくなれるようにって願ったのが、気に入ったのよ。心を動かされたの、深くね。でも、ほかの人のために願い事をすることはできないから」

「だれの願い事をかなえるか、あなたが決めるんですか？」

「いいえ、それはあたしの役割《やくわり》じゃない。妖精《ようせい》のボスが決めるのよ。不平やのじいさんでね。いつもブツブツ文句《もんく》ばっかりいってるわ。下働きはいっさいしないくせに」

トーマスは笑《わら》いました。

「一度、会うといいわよ。なんであんなに文句《もんく》ばかりあるのか、知りたいもんだわ。たいていは寝《ね》てるし。仕事といえば、あたしにリストをわたして、いってこいっていうだけなんだから。天気なんておかまいなしにね」

「いつも、願い事をかなえた人のようすを見にもどるんですか?」

「ときどきいって、自分たちがどんな願い事をしたか、思い出してもらわなきゃならないこともあるわね」

「どうして?」

「そうね……。忘《わす》れちゃうのよ」太った妖精《ようせい》はいいました。

妖精《ようせい》にかなえてもらった願い事を忘《わす》れるなんて、トーマスは信じられませんでした。

「人は大人になると、いろんなことを忘《わす》れるの。あなたのお父さんみたいに。お父さんはそれがひどくなって、楽しくなるために、願い事の力をかりなければならなかったのね」

「あれは、最高の願い事だったな」トーマスはいいました。

「あたしもそう思いましたよ」

トーマスは妖精《ようせい》のおれまがった羽と、夕日に照らされてきらきらかがやいているティアラを見つめました。すると、ふとヴィニーさんがいっていたことをたしかめたくなって、ききました。「ぼくの願い事はなくなりませんよね？」

「おやまあ！　いいえ、そんなことはありませんよ。一度かなえられた願い事は、一生、なくなることはない。あなたが望もうと望むまいとね。だから、じゅうぶん考えて願い事はしなくちゃいけないんですよ」

「ぼくは、自分の願い事が最高だと思ってるお父さんの願い事も」

「でしょうね。あなたはとてもかしこい願い事をしましたよ。あて、一日じゅうここにすわって、おしゃべりしてるわけにはいかないからね。そろそろいかないと。そのまえに、ひとつだけ、あたしから願い事を」

太った妖精《ようせい》はいいました。

「どんな願い事？」

「トーマス・トップが幸せになりますように！」

作者：サリー・ガードナー（sally gardner）

イギリス、バーミンガム生まれ。
幼いころ、難読症に苦しみ、名前もセアラからサリーに改名
（そちらのほうが、スペルが簡単だったため）。
十四歳になって克服し、美術学校を卒業、1993年に作家としてデビュー。
主な作品に『人形劇場へごしょうたい』、
『気むずかしやの伯爵夫人』（村上利佳訳　偕成社）、
「マジカル・チャイルド」シリーズ（三辺律子訳　小峰書店）など。
『コリアンダーと妖精の国』（斎藤倫子訳　主婦の友社）で、
ネスレ子どもの本賞金賞を受賞。ロンドン在住。

訳者：三辺律子（さんべ りつこ）

東京生まれ。
白百合女子大学、フェリス女学院大学講師。
主な作品にケイト・ソーンダズ『キャットとアラバスターの石』（小峰書店）、
クリス・ダレーシー『龍のすむ家』（竹書房）、
エヴァ・イボットソン『クラーケンの島』（偕成社）、
メアリ・E・ピアソン『ジェンナ』（小学館）、
サリー・ガードナー「マジカル・チャイルド」シリーズ（小峰書店）など。

マジカル・チャイルド③
空を飛んだ男の子のはなし
2013年8月17日　第1刷発行

作：サリー・ガードナー
訳：三辺律子

ブックデザイン：扇谷正郎
発行者　小峰紀雄
発行所　株式会社 小峰書店
〒162-0066 東京都新宿区市谷台町4-15
電話：03-3357-3521　FAX：03-3357-1027
http://www.komineshoten.co.jp/
印刷：株式会社 三秀舎／製本：小高製本工業 株式会社
NDC933 98p 20cm　ISBN978-4-338-27503-3